日本古典名著图读书系

枕草子图典

叶渭渠 主编

[日] 清少纳言 著 于雷 译

上海文化出版社

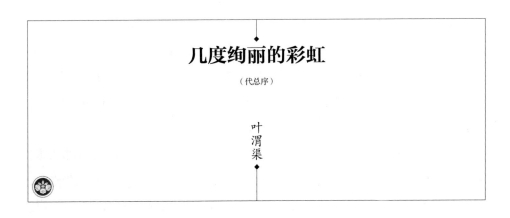

几度绚丽的彩虹

（代总序）

叶渭渠

　　彩虹是绚丽的。

　　日本古典名著图典的"绘卷"，就像几度绚丽的彩虹。

　　日本的所谓"绘卷"，是将从中国传入的"唐绘"日本化，成为"大和绘"的主体组成部分。11世纪初诞生的《源氏物语》就已有谈论《竹取物语绘卷》和《伊势物语绘卷》的记载。换句话说，最早的"物语绘卷"此前已诞生了。它是由"绘画"（"大和绘"）和"词书"组成。丰富多彩的绘画，可以加深"物语"的文化底蕴，立体而形象地再现作家在文本中所追求的美的情愫。而"词书"则反映物语的本文，帮助在"绘卷"中了解物语文本。这样，既可以满足人们对文本的审美需求，也可以扩大审美的空间，让人们在图文并茂的"物语绘卷"中得到更大的愉悦，更多的享受，更丰富的美之宴。

　　我们编选的这五部古典名著图典的源泉，来自日本古典名著《枕草子》、《源氏物语》、《竹取物语》、《伊势物语》、《平家物语》所具有的日本美的特质。换言之，在这些物语或草子的"绘卷"中，自然也明显地体现了日本文学之美。

我们读这些"绘卷"——日本古典名著图典，不是可以重新燃起对《枕草子》、《源氏物语》、《竹取物语》、《伊势物语》、《平家物语》的热情和对这些古典的憧憬吗！不是也可以同样找到日本美的特质，触动日本美的魂灵，体味日本美的情愫吗！总之，我们像从日本古典名著中可以读到日本美一样，也同样可以从这些图典中发现日本美。

《枕草子图典》，内容丰富，涉及四季的节令、情趣，宫中的礼仪、佛事人事，都城的山水、花鸟、草木、日月星辰等自然景象，以及宫中主家各种人物形象，这些在"绘卷"画师笔下生动地描绘了出来，使洗炼的美达到了极致，展现了《枕草子》所表现的宫廷生活之美、作者所憧憬的理想之美。

《源氏物语图典》，规模宏大，它不仅将各回的故事、主人公的微妙心理和人物相互间的纠葛，还有人物与自然的心灵交流，惟妙惟肖地表现在画面上，而且将《源氏物语》的"宿命轮回"思想和"物哀"精神融入绘画之中，将《源氏物语》文本审美的神髓出色地表现出来，颇具优美典雅的魅力与高度洗炼的艺术美。

《竹取物语图典》，在不同时代的"绘卷"中，共同展现了这部"物语文学"鼻祖的"伐竹"、"化生"、"求婚"、"升天"、"散花"等各个场面，联接天上与人间，跃动着各式人物，具现了一个构成物语中心画面的现实与幻梦交织的世界，一个幽玄美、幻想美的世界。

《伊势物语图典》，"绘卷"忠实地活现了物语中王朝贵族潇洒的恋爱故事，运用优雅的色与线，编织出一个又一个浪漫的梦，充溢着丰富的抒情性之美。"词书"的和歌，表达了人物爱恋的心境和人物感情的交流，富含余情与余韵。"绘画"配以"词书"，合奏出一曲又一曲日本古典美的交响。

《平家物语图典》，形式多样，从物语绘、屏风绘、隔扇绘、扇面绘等，场面壮观，以表现作为武士英雄象征的人物群像为主，描写自然景物为辅。它们继承传统"绘卷"的雅致风格，追求场景的动的变化和场面的壮伟，具有一种感动的力量，一种震撼的力量。

　　这五部古典名著图典一幅接连一幅地展现了日本古典美的世界、日本古代人感情的世界、日本古代历史画卷的世界。观赏者可以从中得到人生与美的对照！可以从中诱发出对日本古代的历史想象和历史激情！

　　从这五部古典名著图典中，可以形象地观赏这几度彩虹的美，发现日本美的存在，得到至真至纯的美的享受！

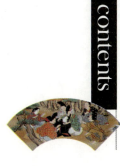

目录

导　读 …………………………………………………… 1

四季风光 ……………………………………………… 1

正月初一 ……………………………………………… 3

驾幸生昌府 …………………………………………… 9

清凉殿的东北角 ……………………………………… 15

前途无望的女人 ……………………………………… 23

扫兴的事 ……………………………………………… 24

可憎的事 ……………………………………………… 27

拂晓归来的人 ………………………………………… 31

令人惊心的事 ………………………………………… 34

槟榔绒牛车 …………………………………………… 36

最是七月炎热天 ……………………………………… 40

木本的花朵 …………………………………………… 44

鸟 ……………………………………………………… 48

虫 ……………………………………………………… 52

七月里，风劲吹 ……………………………………… 54

不相称的事 …………………………………………… 56

衣衫褴褛的牛倌 ……………………………………… 58

牛车路过门前 …………………………… 60

桥 …………………………………………… 61

不能相比的事 …………………………… 62

幽会的地方 ……………………………… 64

难得的事 ………………………………… 65

女官的闺房 ……………………………… 68

在中宫职后妃室 ………………………… 71

两个尼姑 ………………………………… 73

无名琵琶 ………………………………… 88

半遮面 …………………………………… 91

懊悔的事 ………………………………… 92

寻杜鹃 …………………………………… 96

淑景舍 …………………………………… 106

关 ………………………………………… 113

难得画好 ………………………………… 115

图胜于物 ………………………………… 118

正月里住寺庙 …………………………… 119

不成体统的事 …………………………… 126

尴尬的事 ………………………………… 128

关白大人 ………………………………… 132

无耳草 ·· 135

约来秋月 ·· 136

岂容闯关 ·· 140

一语道破 ·· 145

驾前试乐 ·· 147

剪桃枝 ·· 150

贵人下棋 ·· 152

可爱的事 ·· 154

艰苦的事 ·· 157

雪夜逸兴 ·· 160

雪月花时 ·· 165

初见中宫 ·· 167

得意的事 ·· 176

风 ·· 178

秋风后 ·· 180

向往的事 ·· 182

笛·笙·荜篥 ··· 184

一饱眼福 ·· 186

漫游在五月的山乡 ·································· 192

社 ·· 193

风雪中的年轻官人 ……………………… 198

残月背影 ……………………………… 200

香炉峰雪 ……………………………… 206

春光多无奈 …………………………… 207

多情男子 ……………………………… 212

图片索引 ……………………………… 214

导　读

叶
渭
渠

　　《枕草子》是日本散文随笔文学的嚆矢。日本散文随笔文学的诞生，与其他国家的散文随笔一样，经过了一个漫长的历史过程。但日本散文随笔文学的产生，又有其自身的特色，正如一位日本学者所说的："将汉语的诗文'日本化'，开始与和歌并列使用，创造出散文作品。"这句话是什么意思呢？这得从日本文学的发展历程说起。

　　诞生于八世纪前中期日本最早的文字文学《古事记》、《风土记》使用变体汉文体，《日本书纪》则借用纯体汉文体，第一部总歌集《万叶集》开始使用"万叶假名"。这之后经过"汉风文学时代"，流行利用中国语言和文字创作汉诗文。乃至平安时代中期，一些日记文学还保留书写变体汉文体。但是，无论是使用纯体汉文体还是变体汉文体来表达日本民族的思想感情都会受到语言与文字不协调的束缚，古代文学的全面发达，就要求完成汉文体的完全和文化，把文字更直接与日常语言统一起来，使之更自由地表达自己民族的思想感情，更自由地运用自己民族的表现方法，以及应用这种文体的新文学模式的出现，于是虚构的假名散文文学——物语文学，以及日记文学和随笔文学，便应运而生。从《枕草子》之前诞生的物语文学的《竹取物语》与歌物语《伊势物语》的和文率已分别达91.7%和93.7%，就可以引证这一点。

我觉得还有一点是不能忽视的，日本散文随笔文学的诞生，还存在着外在的因素，那就是早已传入日本的我国六朝的志怪小说和隋唐传奇小说《搜神记》《神异记》《游仙窟》等，以及佛教典籍的神怪故事，对于日本古代散文随笔在题材的选择、故事的构思、情节的组合、表现的方法和文本的确立等方面，都起到渗润的作用。换句话说，吸纳中国文学的"神异"的构思，融合寓言和志怪神怪传奇的表现手法，乃至"升天"这样的中国古代传统民间故事，以及长期以来在日本广为流布的汉籍、汉文学深厚的文化底蕴，在从"汉风化"到"和风化"的演进过程中，都成为催生日本古代散文随笔文学的一个重要外部因素。

平安时代作为散文文学一个独自的随笔文学模式而可以永垂古代日本文学史册的，就是独一无二的清少纳言的《枕草子》，它是日本随笔的鼻祖，相隔二三百年后，到了近古才又问世了《方丈记》和《徒然草》，这三部随笔集堪称为日本古代随笔的最高峰。这些随笔的作者们都是兴之所至，漫然书就，笔致却精确简洁，朦胧、幽玄而闲寂地展现事物的瞬间美，确确实实是一篇篇异彩纷呈的艺术随笔，将会给人丰富的艺术享受，在日本文学史上占有崇高的地位。但是，当时这类文学体裁并未有"随笔"之称。至近古中期，即十五世纪中叶，一条兼良根据宋代洪迈著《容斋随笔》的序文所记："予老习懒，读书不多。意之所随，即记录。因其后先，无复诠次，故目之曰随笔"，从而将他的集子名曰《东斋随笔》。从此日本文学史才将此类文学体裁，以汉字"随笔"二字相称。

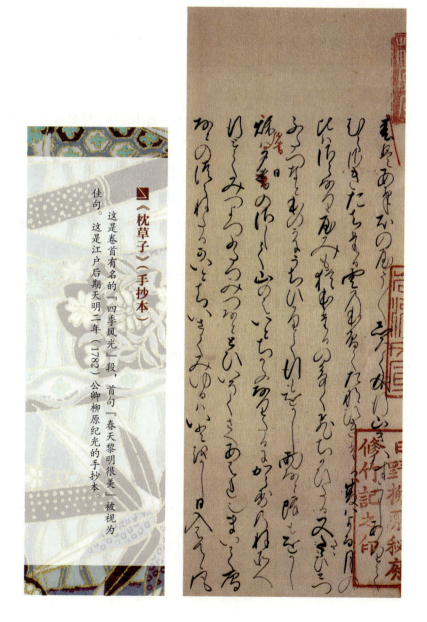

▲ 《枕草子》（手抄本）

这是卷首有名的『四季风光』段，首句『春天黎明很美』被视为佳句。这是江户后期天明二年（1782）公卿柳原纪光的手抄本。

《枕草子》的作者清少纳言，是平安时代的后宫女官，三十六歌仙之一。她与紫式部、和泉式部并称为平安时代的三大才女，都有很高的汉学修养。她的曾祖父、祖父都是著名歌人，父亲是《后撰和歌集》的编撰者之一，当代屈指可数的著名歌人，官位不高，他们终日为了晋阶之事而烦恼。

清少纳言可谓中层贵族书香门第出身，自小受到家庭教养的严格训练，爱读《白氏文集》《蒙求》《汉书》等中国典籍，有和歌和汉学很深的教养。她经常参加一条天皇的中宫定子（后被册立为皇后）在后宫举办的文学聚会，当时并称四纳言的藤原公任、藤原斋信、源俊贤、藤原行成也成常客。在文学聚会上，清女表现出非凡的学识，才气洋溢，带有几分男性的刚毅的性格。这里有这样一个故事：在一次文学聚会上，藤原斋信朗读白居易诗句："兰省花时锦帐下。"要求与会者对下句，她机敏地吟歌对应："谁会寻访斯草庵"。还有她与藤原行成围绕孟尝君的鸡鸣故事，来住书信互相对歌，结果行成输了，可谓巾帼不让须眉。出席者对她的天禀机智，无不惊叹不已，于是为定子所钟爱，她也对定子产生敬慕之情，两人建立了互信的关系。这是促成清少纳言入宫侍奉中宫定子的重要原因。她入宫后，虽得到定子的宠爱和庇护，却受到公卿和官人的妒嫉和白眼。

春花

展开绘有春花的桧扇，凝视天空，喜迎春天的黎明。石田和歌绘。

像雨后彩虹的清女

清少纳言与紫式部齐名，是日本平安时代两大才女，一个以散文随笔集《枕草子》，一个以长篇小说《源氏物语》，在日本古代文坛上树立两座高峰。她的生涯犹如挂在雨后天空的彩虹。本图选自江户时代绢本《百人一首歌牌》。

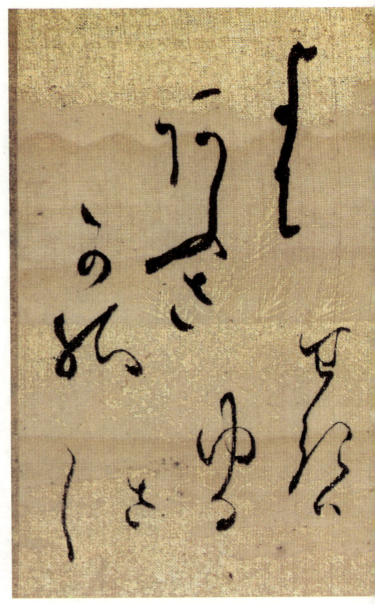

由于内大臣藤原道隆和道长兄弟围绕宫中的权力而争斗，道隆失败，于长德二年（996 年）道隆之子伊周、隆家以对花山天皇的"不敬罪"被流放，作为道隆之女的中宫定子先被幽禁，后被逐出宫，寄居在伯父家。这时，宫中谣言四起，后宫同僚中伤清女外通政敌道长。清女愤然辞去宫仕，幽居家中。直至宫廷权力斗争结束之后，定子重返宫中，她也回宫侍奉忧郁致病的定子。她与定子两人关系之密切，可谓"异体同心"。长保二年（1000 年）冬，带病在身的定子生产二公主后，结束了二十五岁的短暂生涯。此后，与定子对立的道长之女、紫式部所侍奉的中宫彰子，曾恳切地挽留她侍奉在自己身边，她断然拒绝，不为新贵效力，完全退出宫中的生活，始终坚守"做人一就是一"的信条，由此可见其为文为人的一斑。

的确，在平安王朝后宫的女官中，清少纳言的个性独具魅力。她与平安时代女性特有的优雅性格相反，具有不服输的坚强性格。她屡屡直接顶撞当时宫中像斋信、行成这样堂堂的须眉，揶揄和嘲笑生昌、方弘这样的才子的愚才，表现出一种傲慢的讥讽态度。从这方面来说，她似乎是个重理性胜于重感情的人，是一个冷峻的女性。但是，实际上，她却又富有人情味，对人会倾注温暖的同情，有时感动落泪，有时热情奔放。诸如，她对中宫定子的景仰、赞美的态度、对定子不幸遭遇的同情等，都流露出她的女性爱来。清少纳言这种性格，跃然《枕草子》全书的字里行间。

清少纳言的婚姻生活并不美满，在缺乏才气的橘则光以殉情的决心，下跪向十七岁的青春年华的她求婚时，她觉得则光虽是连和歌也不懂的庸才，但有一股纯情，便打动了她的芳心，最终于天元五年（982 年），与则光结婚，翌年产子，名则长。夫妻两人由于文化素养的差异，性格、情感的不合，以及牵扯上官场人事的纷扰，婚后三年离异。此前一年，老父元辅病逝。这两件事，使她悲痛与怨恨交织，成为她的人生转折。清女晚年命运不济。曾有文献记载，清少纳言落魄之后，与宫中官人同乘车来到自己的宅门前，目睹屋宇破坏的情景，借用燕王好马买骨的故事，对宫中官人说了一句："不买骏马的骨！"同时，推测她晚年可能削发为尼，闭居叫"月轮"这个地方的山中，曾留下了这样一首哀叹自己晚年悲凉的和歌，歌曰："老者望月空悲切，隐居山中甚孤寂。"这短短两句和歌，清女将自己晚年隐居山中的悲怀吐露无遗，恐怕也可以从一个方面佐证她这段晚年的人生的经历吧。但是，清少纳言的许多经历不明。正如一位日本学者所说的：她的经历"犹如挂在雨后天空的彩虹，异常灿烂绚丽，可是它的两端却像没入水中似的，有许多地方弄不清道不白。"不管怎样，这些家庭生活的阅历和宫廷生活的体验见闻，为她积累了丰富的素材和深厚的知性，便成为《枕草子》诞生的母胎，成为这部随笔集的人文基础和主要的记录内容。

　　《枕草子》书名的由来，有种种不同解读。有这样一段传说的故事：伊周向定子献上一本册子（日语"册子"与"草子"谐音同义），中宫定子和清女商量："在上面写些什么好呢。皇上让抄写《史记》呢。"清女马上联想到日语《史记》读作"しき"，与"底"谐音，又联想到"枕底"，就机智地说："既然上皇要我抄写'しき'，那么我就抄写'枕'吧！"，意即写本"枕底书"吧。于是，中宫定子便将册子赐给她。这样，她就创造了自由书就的随笔形式，视作为"枕底书"（或曰"枕边书"），并将此书定名为《枕草子》。也许还有受到白居易的《秘省后厅》诗中的"尽日后厅无一事，白老老监枕书眠"句中"枕书"二字，或班固在《答宾戏并序》一文中的"徒乐枕经藉，书纫体衡门"的"枕经"二字的启发，而定此书名的吧。因为"枕草子"的意思是"枕边的草纸"，日文"草纸"是书本或用假名书写的随笔之意，即可以放松躺着阅读的文章。

　　清少纳言谈到自己创作这部集子的动机时，强调了自己"这只是凭着自己的兴趣，将自然想到的感兴，随意记录下来的东西。"她在题跋中这样写道：

◥ 花下游乐

女官们以四季自然为乐。春天黎明最美，夏季夜色最迷人，秋日晚霞最柔和，冬雪之美尽在清晨了。清少纳言在后宫生活的日日夜夜，既有快乐，也有忧愁，她都记在《枕草子》中了。本图选自《花下游乐图》。

这部随笔集，是在幽居家中，闲来无聊，将自己所见所想的事记录下来，本来是没有打算让别人看的。这里面有些篇什，失言之处在所难免，别人看来，实是不妥。所以，本来准备藏而不露，没想到却已暴露在世上，此乃不幸之事也。

这部随笔集，全十二卷，约分三百段（各版本不一，多者三〇五段），题材广泛，内容丰富，涉及四季的节令、情趣，宫中的礼仪、佛事人事，都城的山水、花鸟、草木、日月星辰等自然景象，以及宫中主家各种人物形象和人际关系，有赞颂也有贬抑，还议论歌谣、和歌、小说、绘画、舞乐、艺道、棋道、语言，乃至涉及猜字谜、踢球游戏等。

细读《枕草子》，就它的主要特征，有以下几点体会：

（一）观察的敏锐性，从琐事、平凡事中，见巨细纷繁的世相。清少纳言运用列举文、随想文、日记文诸种文体，把所见所闻的扫兴的事、可憎的事、惊喜的事、怀恋的事、愉快的事、担心的事、稀有的事、无聊的事、可惜的事、优美的事、懊恼的事、难为情的事、愕然的事、遗憾的事、感人的事、讨厌的事、可羞的事、偶感而发的中日文异同之事，以及高雅的东西、不相配的东西、漂亮的东西……都一一展现在散文随笔中。而所有这些"事"和"东西"都是与平安王朝的时代、京城、贵族、女性和自己的个性交错相连，而以细微的观察、敏锐的感觉和富于变化的文体，描写了后宫周边高度洗练的文化空间，或间接或直接地揭示了宫廷的美与丑，反映了一定的社会世相和后宫的荣华与厄运。

在随笔中，她也多记录了一些宫中的生活，以折射宫廷里的喜怒哀乐的故事。有一段这样记道：她刚进宫侍奉中宫定子不久，中宫问她："你想念我吗？"

她回答说："为什么不想念呢。"这时，传来了一个打喷嚏声。中宫质疑说："你是说了假话吧？"回到女官房里，女官拿了一首歌让她看，歌曰："真话假话谁知道，上天又无英明神。"她哀怨地咏道："想念心浅也难怪，为了喷嚏受牵连，不幸，不幸啊。"于是，她以"喷嚏"为题，将这讨人厌的、可恨可叹的事写了一段，描述了她埋怨打喷嚏的人使自己受了连累的事情。

可以说，所有这些日常感受的事，虽尽是琐事，皆乃是兴之所至，漫然书就。正如清女所言，凡事必录，"只就想到的来写，便这样写下来"，"笔也写秃了"。然笔致却精确简洁，以其冷彻的知性的观察力，写实地尽展那个纷繁的人生侧面，那个复杂的人情世态，还有那个斑驳的风俗世界。

（二）纤细的感受性，以自己独特的观察力和诗情的想象力，抒写了四季自然的瞬间微妙变化之美，以及那个春夏秋冬的四季情趣、山川草木的自然风情和花鸟虫鱼的千姿百态，不仅内容异彩纷呈，而且文字也充满诗的节奏感和韵律性。

尤其是作者对这种四季的自然风物的感受，是在时空的交叉和色彩的变幻中，敏锐地发现和精确地捕捉瞬间的美。仅以"四时情趣"一段春夏的描写为例：

春天，拂晓时分最美。山峰泛白，渐渐亮了起来。紫色的云彩，飘忽其间，很有情趣。

夏日，夜里最美。月光辉映下自不用说，就是昏暗之夜，萤虫纷飞，发出点点微光，也很有情趣。这般景象，尤其在雨中，就更有风情。

作者用这样明与暗对照的文字，就像画家在画面上绘出的光与影，交织出一段自然美的文章来。

（三）贯穿本土的"风情"（又曰"有趣"）的审美情趣。在确立古代日本美意识方面，如果说，紫式部完成了从"哀"到"物哀"的审美情趣，在《源氏物语》全书用了"哀"字多达一〇四四例，"物哀"十三例，而使用"风情"则只有六八三例，"哀"、"物哀"是绝对多数，属于悲的类型的话，那么，清少纳言则完成了"风情"、"有趣"的审美情趣，在《枕草子》中使用"哀"只有八十六例，而使用"风情"这个美理念的词，则多达四六六例，属于喜的类型。她在《枕草子》"题跋"中就声言："我把世间有风情、有趣的事情……都选择了写下来。"在平安时代，清少纳言将"风情"限定在表现美的情趣，确立了古代贵族审美的基准之一。

清少纳言在确立了本土的"风情"美理念的同时，充分借用"汉才"，并活用在自己的创作实践中。清女家中的中国典籍藏书万贯，从《诗经》、《礼记》、《论语》、《尚书》、《周易》、《孝经》、《周礼》、《左传》、《孟子》到《史记》、《汉书》、《后汉书》、《文选》、《蒙求》，乃至佛典《法华经》、《千手经》、《金刚般若经》等，皆有所藏。自幼耳濡目染，博学多识，在文艺创作中或文学聚会上都可以谙练地活用了许多汉籍和佛典，贯彻了"和魂汉才"的表现。

在《枕草子》一书中，引用或者应用了《文选》、《新赋》、《史记》、《汉书》、《四书》、《蒙求》等汉籍中的不少中国典故。她的"假的鸡鸣"，借用《史记》"孟尝君列传第十五"中孟尝君"半夜至关（函谷关——引者注），关法鸡鸣而出客，孟尝君恐追至，客之居下坐者有能为鸡鸣，而鸡齐鸣，遂发传出"的故事，写了行成到中宫职院，已是深夜，翌晨他给清女写信道："后朝之别，实是遗憾。本想彻夜不眠地畅谈昔日的闲话，然天亮鸡鸣所催，便匆匆归去。"清少纳言读信后，写回信道："半夜的鸡鸣，是孟尝君的鸡叫声吧？"行成随即回信道："在半夜里孟尝君的鸡鸣，使函谷关的门打开了，三千食客好不容易才得脱身，书里是如是说的。可是昨夜却是与你相会逢坂关啊。"

于是，两人又以逢坂关为题对起赛歌来，清少纳言歌曰：

纵令夜半装鸡鸣，
岂能混过逢坂关。

她以为孟尝君假的鸡鸣，骗得了函谷关的守关人，也骗不了逢坂关的细心的守关人啊！最后行成认输了。这里，清少纳言反复地借用孟尝君的深夜函谷关鸡鸣故事，以比喻自己是不会被行成这样的男子突破自己的"关"的，很有风情，其涵义是有趣而深刻的。

清少纳言对白居易诗文，更是运用自如，活用得最多。给我印象最深刻的一例：在一次文学聚会上，斋信让她对白居易诗"兰省花时锦帐下"的下句，她谙熟白氏诗《庐山草堂雨独宿寄友》诗下句是"庐山夜雨草庵中"。但她认为，斋信是由于"听了什么人无中生有的谗言，对于我说了许多坏话"，而且"把（我）清少纳言这个人完全忘掉了"，由此产生龃龉，不将自己算在女官之列，试图借

此轻蔑她，所以，她只用白居易诗的"草庵"二字，来接下句，用和歌答曰："谁会寻访斯草庵。"回敬了斋信，以示自己已被你这个头中将憎恶了，有谁还会到自己的草庵里来呢。从此，这位官至头中将的大男子，"把脾气也完全改过来了"。

清少纳言对中宫弹琵琶这段描写，也是给人留下深刻印象的：

　　带光泽的黑色琵琶，遮在袖子底下，非常的美。尤其白净的前额从琵琶的边里露出一丁点儿，真是艳美绝伦。我对坐在贴邻的女官说："从前人说'半遮面'的那个女人，恐怕还没有这样的美吧？何况那个人又只是一介平民呢。"

清女描写中宫抱着琵琶，现出前额的姿态，于是马上引用白居易《琵琶行》诗中的"千呼万唤始出来，犹抱琵琶半遮面"句，形容其美无比。

特别是书中最著名的"香炉峰雪"

一段，记录了这样一件事：大雪纷扬，女官们在垂下帘子的宫里，侍候中宫时，围炉谈闲话。中宫说道："少纳言呀，香炉峰的雪怎么样啊？"其他女官对中宫的句还没有领会过来，少纳言却立即站了起来，将帘子卷起来。中宫看见笑了。大家都对着她说："你当中宫的女官最合适了。"因为作者清少纳言听了中宫问"香炉峰的雪怎么样啊？"马上联想到白居易《香炉峰下新卜山居》中的"日高睡足犹慵起，小阁重衾不怕寒。遗爱寺钟欹枕听，香炉峰雪拨帘看"句，就聪慧而机敏地领会了中宫的问话，是暗示要把帘子卷起来。由此可见作者对白居易诗之熟习，背颂如流。这段"香炉峰雪"成为日本文坛的千古佳话。

《枕草子绘卷》问世于镰仓时代后期（1276—1333 年），从其创作背景来说，正如洞院公贤的《园太历》（1311—1360 年的日记）所云："朝廷复旧规者，尤可谓至定矣。"也就是说，镰仓幕

府建立武家政权伊始，存在一个以京都为中心的朝廷公家政权与以镰仓为中心的幕府武家政权长期并存的体制。朝廷还是企图夺回政权，再次复兴旧仪。在文化上，则产生憧憬王朝文化的风潮。这种风潮，具体表现在"绘卷"方面，则试图将古典文学视觉化，以追忆和再现王朝时代的宫廷生活，表达对王朝文化生活的眷恋之情。于是，真实地记录王朝宫廷生活的随笔集《枕草子》，就自然成为改编"绘卷"的首选对象之一。

像其他的"文学性绘卷"一样，《枕草子绘卷》是由"词书"和绘画两部分组合而成，画面忠实于词书的内容，彼此是密切对应的。据后崇光院的《看闻御记》于永享十年（1483年）的日记有关《枕草子》两卷"绘卷"的记载："抑自室町殿御绘二卷。此词伏见院宸笔云云。（中略）此绘若原殿进子内亲王御笔欤"，以为词书是伏见天皇书写，绘卷是由皇女进子内亲王绘制的。这项日记相距问世时间不长，并且又是根据笔迹和书法风格来判断的。而另一说是：根据现今流传的书套上，题有"词后光严院宸翰·绘女笔"几个字，论证词书是出自后光严院的手笔，绘卷是由女性绘制的。但是，也有的学者认为两者立论的依据都不充分。不过，绘画作者是女性，这是可以肯定的。理由：一是当时白描主要是女性采用的绘卷技法；二是笔致纤细，充满了女性特有的哀愁气氛。

这部"绘卷"是采用白描画的特殊绘画样式，即不施彩色的白描法，只在人物的口唇上抹红色，人物的冠、发，以及服饰、其他器物都使用了焦黑，又称"墨绘"。从整体来说，墨色浓淡相宜，线描纤细别致，运笔速度缓慢，巧妙地勾勒出线的轮廓，创造出一个明快的画面。"绘卷"的画面，少了《源氏物语绘卷》那种创作性，那种富于情趣的优雅性，而多了随笔"绘卷"那种记录性，那种缠绵的情趣性，以及日常生活的风俗特色。词书用纸的底图是蔚蓝的云彩，散落金银泥的流水花草，纹样优雅，书法流畅温雅。绘卷与词书相配，具有一种独特的清纯美，充满了对王朝文化的憧憬，显示出镰仓时代后期"绘卷"的时代特色。

《枕草子绘卷》，内容丰富，涉及四季的节令、情趣，宫中的礼仪、佛事人事，都城的山水、花鸟、草木、日月星辰等自然景象，以及宫中主家各种人物形象，这些在"绘卷"画师笔下生动地描绘了出来，尤其是四季节令等颇具代表性，其中"清凉殿丑寅一隅"等是首屈一指

的，它描绘了柔媚的春光下盛开的樱花，以及身穿艳丽服饰的宫女美姿，互相辉映，构成一幅清凉殿丑寅一隅的美的世界。画师们以自己的画笔，表现了《枕草子》的宫廷生活之美。

除了《枕草子绘卷》外，还有一部《奈良绘本·枕草子》，以及不同时期的其他绘卷或绘画，都同样将《枕草子》的内容绘画化。从我们选出的这部图典，可以窥其一斑。

四季风光

春天黎明很美。

逐渐发白的山头,天色微明。紫红的彩云变得纤细,长拖拖地横卧苍空。

夏季夜色迷人。皓月当空时自不待言,即使黑夜,还有群萤乱飞,银光闪烁;就连夜雨,也颇有情趣。

秋光最是薄暮。

夕阳发出灿烂的光芒。当落日贴近山颠之时,恰是乌鸦归巢之刻,不禁为之动情。何况雁阵点点,越飞越小,很有意思。太阳下山了。更有风声与虫韵……

冬景尽在清晨。

大雪纷飞的日子不必说。每当严霜铺地,格外地白。即使不曾落霜,但严寒难耐,也要匆忙笼起炭火。人们捧着火盆,穿过走廊,那情景与季节倒也和谐。一到白昼,阳气逐渐上升,地炉与火盆里的炭火大多化为灰烬。糟糕。

(第一段)

◢ 萤

秋光薄雾，群萤乱飞，银光闪闪，颇有情趣。明治时代菱田春草绘。

正月初一

正月初一，何况天色晴朗，焕然一新。还在蒙蒙云雾笼罩四周时，世上的人就格外关切于修容饰装；既贺君王，也祝自身，那情景别有一番情趣。

正月初七，从冰雪消融的缝隙，采摘七种鲜嫩的野菜，绿盈盈的。这里平素对那些稀奇物十分眼生，于是，都吵吵嚷嚷，不知所措。

因为要去参观宫中的仪式"白马节"，一些并非官员的乡巴佬，要靠好牛车，将它刷洗得干干净净，前去观看。

当车到待贤门 [皇宫外围十二门之一] 门口时，人头挤在一起。有的被撞掉了发梳，一不小心，就会被踩断，因而忧心忡忡，逗人好笑。

左卫门的警卫室站着众多殿上人 [官级五位以上有资格进宫登殿的公卿]，抢夺舍人的白马；吓唬他们，开心地大笑。

从牛车车棚的帘缝向门内蓦然一瞥，可见对面有屏风，周围有主殿司和其他女官来来往往，蛮有趣的。

正月初八，人们喜笑颜开，连牛车的奔驰喧闹声，听起来也与寻常迥然有别。有趣儿。

正月十五，是向天皇敬献望日粥的节日。女官们将粥棒 [煮粥用的木棒，传说用以拍打未育女子后背，可望得子] 隐藏起来。当同宗的粉黛和年轻的女官登门时，因担心挨打，都留神背后，那样子可真滑稽。

怎么就那么巧，竟有人被打个正着，大家兴致更浓了。于是，打人者大笑，得意洋洋；被打者自认倒霉，也就难怪了。

客岁以来，刚到小姐府上做进门女婿的少爷们也进宫供职。显示自己在各家春风得意、权势不小的女官，已经等得焦急难耐，呆呆地伫立于内宅深处，偷偷

◢ 正月风情

　　正月初一，景象焕然一新。人们热热闹闹，喜笑颜开。本图选自《年中行事绘卷》。

向外望。恰好被陪在新娘面前的女官察觉，便"嘘"的一声，打着手势，予以制止。然而，新娘却佯作不知，端然而坐。女官走近说："将此物拿走呢！"她拿起那物，边跑边打了新娘一下，引得满屋大笑。

新婿一副可亲可爱的模样，一直笑嘻嘻地瞧着；坐在那里，并不格外吃惊，只是面带红晕而已，很有意思。

接着，妇女们互相乱打，甚至打中了男子。究竟出自何等心绪，有的连哭带恼，咒骂打她的人，骂得极其恶毒，令人吃惊。宫禁虽是至尊之地，但今日全都乱了，人们全无肃穆恭谨之色。

其二　叙官之日

叙官之日，宫外格外妙趣横生。恰是飞雪结冰之时，手拿晋级申请书四处奔走的四、五位官员，年轻英俊，心地爽朗，一副前途无量的气概。然而，年迈皓首者则唠里唠叨，介绍本人详情；甚至跪到女官闺房，倾述自己如何才华出众，来历非凡。年轻女官模仿老者的样子大笑。不过，老者哪里知道，尽管他恳求："请上奏天皇吧！"但是，得官还好，不得，那就更惨了。

其三　三月初三

三月初三，阳光和煦而柔情地照拂大地。桃花乍放，更不消说碧柳逞娇。况且，柳芽宛如裹茧壳之中，尚未舒展，那才可爱。一旦叶子长大，就不美了。花落之后，也不再有什么看头。

将盛开的梅花长长地折下一枝，插进大型花瓶里，要比真正栽在花瓶里的繁茂花束更加异彩纷呈。

身穿梅花直衣的贵族，特意露出漂亮的出褂底襟。不论贵客还是皇后的弟兄等公子，坐在鲜花房闲谈，那情景十分风雅。

小鸟与昆虫的头型更加俊俏，飞来飞去，好美！

其四　贺茂祭那天

贺茂祭那天，非常快活。丛林碧叶，还谈不上郁郁葱葱，恰是一片嫩绿之时。天空晴彻，没有一丝云雾，不禁心旷神怡。在那阴云淡抹的黄昏与黑夜，杜鹃在远方压低声音似有似无地啼叫，令人几乎疑心是否听差了耳。那时节，该是何等心绪啊！

节日临近，将松叶绿与二蓝的布料一一卷起，放进细长小柜里，用类似纸张的东西包裹起来（不过做做样子罢了，为的是一份份地送礼）。人们来来往往，大有可观。

上淡下浓的晕色、浓淡斑驳色、卷染[用绢线随处打结，染后打结处色白]等五光十色的服装，比平时更加耀眼。

女孩只把头部洗洗，打扮一下，而服装则处处绽线，褴褛不堪，却叫别人给她的木屐或草履穿上鞋带，蹦蹦跳跳，巴不得转眼就是节日才好。她们急匆匆地跑来跑去，很有意思。

有的女孩怪模怪样地跳舞，转来转去。节日一到，她们将服装点缀得十分华丽。穿在身上，太像法事时叫做香童的法师结队而行，女孩们的心情该多么忐忑不安啊！

按身份不同，有老妪、令姊等跟随，边走边照拂，这也新鲜。

（第三段）

孩子们游戏

正月初一，孩子们喜笑颜开，彩蝶翩翩翻翻，中央的小孩还举着避邪的卵槌，喜迎新年的吉祥。本图选自奈良绘本《枕草子》。

驾幸生昌府

中宫定子驾幸大进生昌之府邸时，特将东门改建为四根立柱的大门，凤舆由此进院。各府女官之牛车由北边便门进院。各牛车上的女官看到警卫室里没有多少武士，认为大抵牛车能进得去。于是，连蓬头乱发的人也不修整一下，满以为可以直接靠近房屋时再下车。她们想的轻松，不料门口太小，槟榔绒牛车竟堵住了门，进不去。只得照例以草席铺路，人们跳下车来步行，这非常恼人，却又莫可奈何。况且殿上人与地下人〔官级六位以下不能登殿的人〕齐刷刷地列队观看，实在难堪。

参见中宫，如实禀报上述情况。中宫笑道：

"即使在这儿，也不会没人看见吧？为何竟如此大意？"

"不过，他们都已经眼熟。假如我们着意修饰打扮，反倒会有人惊奇的。唉呀呀，如此尊贵之家，怎么会有牛车进不去的大门呢？待见到生昌时，讥笑他一番也罢。"

正说着，生昌来了：

"请将这个呈上。"

有人将砚盖从御帘下递上。

"哟，您来得不是时候。为什么把门造得那么窄小，竟然在此居住？"

生昌听罢，随机应辩道：

"是为了适于家庭地位与个人身份嘛！"

中宫说："不过，听说还有个人把门楣造得高高的呀！"

"唉哟，这太可怕！"生昌惶恐地说，"那大约是于公的故事吧？倘若不是老进士，是不可能听得懂的。在下只因偶涉此道，才对这一典故有所了解。"

中宫道："算了。'贵道'也并不高明。虽有草席铺路，却都陷了下去，闹了

驾幸生昌府

中宫临产，在女官的侍从下，乘牛车驾幸生昌府。本图选自《官女观菊图》。

一场大乱嘛！"

生昌说："那是因为下过雨。不错，肯定会有这样的事吧！好啦，说不定还会有话要发落的，就此告辞！"说罢，他抬腿便走。

中宫问道："怎么回事？生昌为什么非常恐惧的样子？"

我说："没什么，只是说牛车没进去门这件事。"

说罢，我退下。就在同一时辰，生昌和闺房里的女官们混在一起，万事浑然不晓。因为太困，便进入梦乡。

这里是主殿外东偏殿的西厢房北侧的一室。北面的扇没有挂上门钩，竟也无人察看。生昌乃此处主人，深知内情，便拉开扇门，以怪腔怪调的沙哑声三番五次地问：

"我想进去，可以吗？可以吗？"

我惊醒一看，立在几帐后面的灯架上亮起灯光，是生昌将扇拉开五寸左右在说话，非常奇特。生昌可是个一向连做梦都不曾想过风流韵事的人。但他觉得连中宫都到他家，便不管不顾地放肆了吧！思忖起来，非常好笑。

我叫起睡在身旁的女官，说：

"往那儿瞧，有个陌生人呢。"

女官抬起头来，瞥了一眼，不禁大笑说：

"那是谁呀，这么明目张胆！"

"误会了。是自家主人，有事要与室主人定夺哩。"

我说："确实对你说过加宽大门的事。但是，可曾求你打开扇呀？"

"就是想再商量一下那件事嘛。如何？如何？"

旁的女官笑着说：

"这可太不体面了。事到如今，怎么好开口说'请进'呢？"

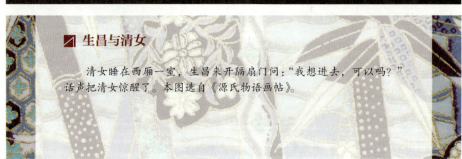

◢ 生昌与清女

　　清女睡在西厢一室，生昌来开隔扇门问："我想进去，可以吗？"
话声把清女惊醒了。本图选自《源氏物语画帖》。

生昌却惊讶地说："都是些年轻人呀！"说罢，他关了扇，走了。身后是一阵大笑。既然已经推开扇，那就尽管进屋好了，哪个女子能在听你提出要求之后说："没关系，请进！"这的确有趣。

次日清晨，参见中宫。据实禀报。中宫说："从未听说生昌有过那类（荒唐事）的传言。大约他是昨夜谈于公的事受了触动，才进屋来的吧！啊，啊，把他说得那么下流，够可怜的呢。"说着，笑了起来。

中宫吩咐，给伺候公主的身边女僮做套新衣。

生昌问："女僮内衣的外罩，用什么颜色才好？"

他的话又引起一番大笑，这就难怪了。

生昌又说："公主用膳，若用平常用的食器，大概不大好看。用小不点的薄板方盘和高脚圆碟总要好些吧？"

我答道："那样一来，穿上'外罩'的女僮们定会出席的啰！"

中宫制止说："别拿他像对待寻常人那样取笑吧。人很老实，怪可怜的呢。"有趣。

公务间歇时，有人告诉我："大进有话要讲。"

中宫听了说："又要说些什么惹人取笑呀！"非常有趣。

中宫吩咐，去听听他讲些什么。我便特意前去恭听。生昌说：

"我将昨夜牛车堵门事件禀报中纳言，他说很受感动，'一定找个适当机会当面领教'。此外，别无他事。"

我心想:"生昌可能要谈昨夜闯进女官室的事。"心里正突突地跳,却听他说:
"稍候在女官闺房里平心静气地谈吧!"说罢告辞。

中宫说:"那么,他到底有什么事?"

我将生昌的话如此这般禀报,中宫笑着说:

"并非值得特意叫出门去的大事呀!何不待几时偶然相逢,同在一室,慢慢地聊,那有多好!"

她接着说:"生昌是觉得心里认为聪明的人都大加赞扬,对方大约也很高兴,因此,才来通报的吧!"中宫说这番话时的神态极其动人。

(第六段)

清凉殿的东北角

清凉殿［天皇日常居住的宫殿］的东北角，立着一张标明北面界限的扇，上有一幅荒海图和一些长臂长足的人物画，样子十分吓人。弘徽殿高级女官室的屋门一开，便总会映入眼帘，女官们无不厌恶地苦笑。

栏杆下还放着一个偌大的青瓷花瓶，插着许多五尺多长绚丽的樱花枝，鲜花一直延长到栏杆外的地面。

中午时分，大纳言［定子之兄藤原伊周］登殿。他身穿稍微宽松些的樱花直衣：下身是深紫色的指贯裤和几层洁白的御衣，上身是浑红色凸纹的出裇。恰好天皇驾临，大纳言便在女官工作室门前铺着的狭窄地板上落座，对天皇启奏。

御帘之内，女官们一同将身上的樱花唐衣舒缓地滑落，露出藤花色与棣棠色种种招人喜爱的服装色调。许多女官从半开的小窗御帘下露出艳丽的袖口或底襟（供君王欣赏）。这时，天皇御座那边传出藏人备膳的沉重脚步声和"慢着、慢着"的警告声。正是日丽风柔，景色十分宜人，藏人已经端上第七个，也是最后一个高脚圆盘。前来禀报御膳已经备齐，天皇便从中门走向御座。

为了奉陪天皇，大纳言阁下奉命上前，回到刚才坐过的樱花下落座。中宫推

清凉殿一隅

清女侍候中宫定子，她经常与定子、道隆、伊周等一家人相叙在清凉殿，谈古论今，吟诗作歌。本图选自《荣华物语绘卷》。

开帷帐，来到间隔横梁下，那副神色无法形容，处处楚楚动人，让伺候的人享用意想不到的心满意足。这时，大纳言借用《万叶集》的诗句吟咏道：

虽然日月多变迁，
经久不变三室山。

又借用"高高离宫"的典故，悠然吟道：

恰似离宫高入云，
中宫永远美如春。

吟咏得十分优美。的确，看她的样子，真的希望她千年万载永不变。

伺候天皇用膳的女官，还没来得及叫来男杂役，天皇已经来到这里。

中宫吩咐在御砚中磨墨。但我只顾目光朝上，凝神瞻仰君王驾临的风姿，险些将墨夹的缝儿弄开了口。

中宫叠好白纸斗方[一、二尺见方之诗幅或画页]，对女官下令说：

"将脑海中浮现的古歌写在这上面！"

我问坐在外边的伊周大纳言："这可怎么办？"

大纳言说："快些写完呈上去吧！这事不该男人插嘴的。"他将白纸推回了。

中宫将御砚拿来，放在这儿，责备我说：

"快些，快些，不要多费思量。管他是写'难波津花开'还是什么的，只要是闪现在头脑中的古歌就行。"

为什么这么畏缩？女官个个脸红了，思绪乱了。

高级女官们要写春之歌、花之情。她们边说边写了二、三首。接下来，叫我："写在这儿！"我写的原歌是：

虽然上了年纪，老态龙钟，
只要看见鲜花，忧烦便无影无踪。

我只将"鲜花"二字改成"君王"，呈上阅览。

中宫说："就是为了测试你们心灵的机智嘛！"顺便又说：

"圆融院［一条天皇之父］在位时，一日，命殿上人各自在册子上写一首古歌。有些人说，很不擅于书写，百般推辞。天皇说：'字笔优劣，全不在意。这样吧，歌嘛，不合时宜也无妨。'于是，众官不得已，只好写。惟有当朝关白大人写的原歌词是：

恰似出云国［谐音：伊兹毛］的港湾，
我永远［语音同上］深深爱着君［指女方］。

关白大人却将末句改为'我永远依靠主君'。天皇对此十分赞赏。"

我听着，感到大汗淋漓。假如年纪轻，那首歌我不会那样写的吧！当时连原本写一手好字的人们都不知所措，心里胆怯；有的还写坏了纸张。

中宫将《古今集》册子放在女官们面前，读罢上句，然后问："下句是什么？"

这些歌本是日夜记在心头的，可现在却记不清楚，说不出来，这是怎么啦？宰相大人［藤原重辅的女儿，中宫定子身边的才女］回答了十首左右。可那能算得上"记得"吗？况且有五、六首，无论怎么回忆，毋宁说"想不起来"更自然些。但是女官

们说:"假如那么冷冰冰地禀报,中宫会以为是扫她的兴,这合适吗?"她觉得遗憾的样子,怪有趣的。

没人知道的歌,中宫便直接念出下句。女官们叹息地说:"这些下句都知道的呀,为什么脑袋这么笨呢?"其中有的人无数次抄写《古今集》,当然全都能背诵。

中宫皇后又讲述了这样一个故事:

"村上天皇在位时,有一位宣耀殿的女御,是左大臣藤原师尹之女。她出场,是无人不晓的吧!而且她身为公主未嫁时,父亲大人便教导她:首先,要习字;其次要练好七弦琴,无论如何要弹奏得比别人更高明;再次,把《古今集》二十卷全能背诵,要这样做学问。

上述情况,村上天皇早有耳闻。一个忌避之日,他偷偷揣着《古今集》驾临女御处,却与往日不同,竟用几帐将女御隔开,女御觉得奇怪。天皇打开歌集,问道:

'何年何月何时,何人吟咏过何歌?'

女御才明白:原来如此,是要对她进行考评。这事例也颇有风趣。

然而,假如记忆有误或有所遗忘,可就要坏事。她一定会胡思乱想的吧!

村上天皇将二、三名对和歌并不陌生的女官叫到驾前,用棋子儿计算失误次

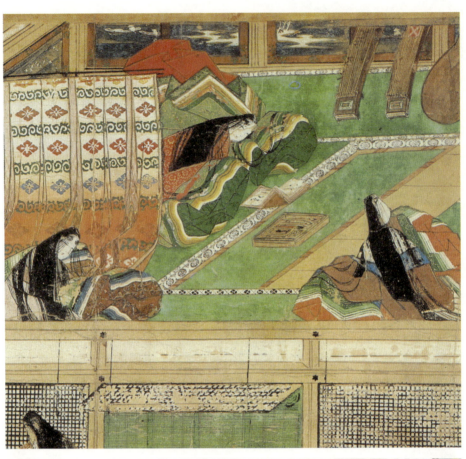

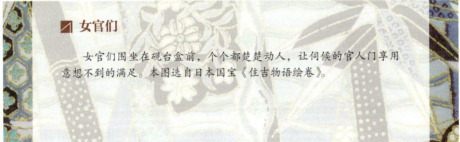

◢ **女官们**

　　女官们围坐在砚台盒前，个个都楚楚动人，让伺候的官人门享用意想不到的满足。本图选自日本国宝《住吉物语绘卷》。

数，便向女御提问了。那当儿，女御的风姿多么优美而别具一格啊！连驾前伺候的人们都感到羡慕。

既然天皇发话，硬是要女御作答，她虽未流畅地答到最后一句，但却毫无误谬。天皇心想：不妙，还没有测验个清楚；待我找出她点差错，再结束测试吧！

终于考到第十卷。天皇说：'完全枉费心机！'便将竹夹套好歌集，回宫安寝去了。真是可喜。

过了很长时间，天皇醒来，心想：'此举胜败，未见分晓；就此罢休，十分不当。下十卷假如等到明天，女御可能参考其他版本作答，不可。那就今夜定局吧！'天皇挪近油灯，直读到深夜。

然而，女御一直不肯认输，考试便就此告终。

当天皇驾临女御室后，人们跑去给女御的父亲报信说：'天皇驾临女御处，如此，如此。'她父亲万分焦虑，张皇失措，去到许多寺庙恳求僧侣为女儿诵经，还面对宫中女御的方位，整天在祈祷中度过。如此风流趣事，令人赞羡不已。"

一条天皇听了这番话，赞美道：

"村上天皇为什么读书那么多？我恐怕连三、四卷也读不完吧！"

中宫说："从前，连小人物也颇有风流气；而今，这样的故事还能听得到吗？"

伺候中宫和天皇的人们，都异口同声地这么说。那时候，真个是无忧无虑，令人感到舒畅极了。

（第二〇段）

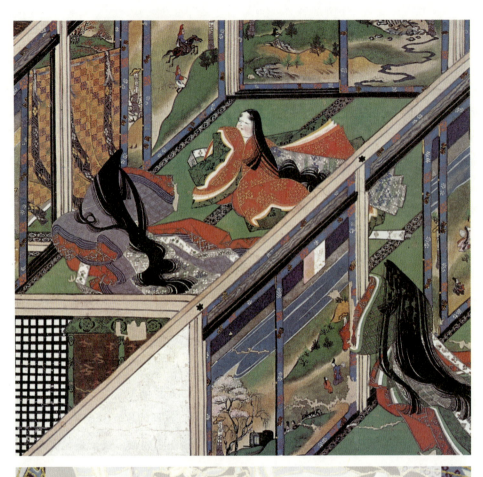

贵族女性

　　有身份的贵族之家的女儿，应该让她进宫入仕，以便熟悉人间的状况，甚或当一名内侍女官。本图选自《春日权现验记》。

前途无望的女人

前途无望，却一味地老老实实、厮守着虚幻的幸福而安然度日的女人，使人感到心中郁闷，理应予以鄙视。至于有相当身份的贵族之家的女儿，我觉得应该让她进宫入仕，以便熟悉人间状况，甚至希望她短时间内当一名内侍女官。

说什么"进宫仕女，举止轻薄"。那些总往坏处去想、去说的男子，极其可憎！不过，也应该说理所当然。以至高至尊的天皇、皇后为首，上达部、殿下人、四、五、六位，更不要说还有女官，见不到的人极少吧！此外，女官的随从们，那些来自乡村的人们，打杂的女佣，清扫厕所以及砖头瓦块之类的卑微奴辈，女官们又何曾耻与为伍而藏身不见？难道男子就可以对各类人等避而却之？那些男人既已进宫供职，恐怕也都一样，心同此理吧？

对于须称"夫人"而要小心照拂的女官，丈夫可能会觉得她品格不大高贵，这也不无道理。但是，假如当了个驾前典侍，常常进宫，驾茂时出任使者，难道还会感到不大光彩吗？其后，即使闷在家里，毋宁说倒也是件好事。每逢"五节会"，地方长官"受领"的家里派出二、三名舞女，总不至于像个极笨的乡巴佬事事不懂而向别人请教吧？何其高雅！

（第二一段）

扫兴的事

扫兴的事：白昼狂吠的犬，春天的鱼梁
[竹或木制的冬季渔具]，三、四月的红梅衣，
婴儿离世的产房，不生火的火盆与地
炉，牛已毙命的牛倌，接二连三生女
不育男的博士，忌避之日拜访，却并
不盛情款待的人家，何况春分前日[节
气转换之日]，更是扫兴。还有，有来函，
却并未寄到礼品，对京城来信，虽然
心情也是同样，但毕竟写了许多地方人
很想知道的情况，了解一些人间故事，这
也很好。

写了字迹清秀的书函，盼望复信，心想："立刻就会收到信了吧？回信怎么
这么晚？"然而，正焦急地等待，送信人却拿着将结封与立封全都弄得很脏的原
信搓弄成个纸团，上端起毛，连封口上的字迹都已磨掉，说什么："受信人不在
家。""忌避之日，不肯取信。"等等，因此退回。这真令人十分沮丧，非常扫兴。
还有，派牛车到一定会来的人那里迎接。正等着，忽听牛车进院之声，人们出来
欢迎。总算给盼来了。可是一瞧，牛车已经进了车库，砰的一声卸下车辕。问他：
"怎么回事？"回答道："今日不在，不能光临。"他只顾牵着牛走了。

其次，全家欣喜若狂，迎接姑爷登门，却未已见也，格外可气。而且，身份
高贵的男子竟被宫中女官请去过夜，任你期盼"几时归来"，也是莫可奈何。

婴儿的乳母说："有点事，出去一会儿。"于是，走了。婴儿寻找乳母，只好

千方百计地哄他，陪他玩耍，并差人给乳母捎信，命她"速归"。对此，答话竟是："今夜回不去了。"不仅令人扫兴，而且憎恨之火，不可遏制。假如是个男士迎接心爱的女子，心绪更将如何？或者在等待男人的女方家，夜渐深沉，有人蹑手蹑脚地突然敲门，心儿噗登登地跳。但差人出去一问，却并非她所等候的人，而是一名无聊男子应声报名，那将是扫兴中之极大扫兴了。

一位修练者说，他能降伏妖魔神鬼，样子十分扬扬得意，命一女童手持金刚杵与念球，硬是挤压喉音，打坐诵经，声细如蝉。然而，鬼妖却毫无从病人身上离去的迹象，护法童子也未曾附于巫女之身。全家人聚在一处，静坐默祷。不论男女，莫不惊讶，已经坐了一个时辰，疲乏极了，有人说："妖鬼一直不来附体，站起来吧！"女童便将念珠收回，说："啊，太不灵验了！"说者，从前额自下而上地推了一下头发，率先打起哈欠，仿佛神灵附体，原来她睡了。

且看拜官授职那天未能获得官位的人家，那一日，从前在这家效过力，后来已经分赴八方的人以及穷乡僻壤的人们，听说老爷今年定会任官，便全都聚于这家，而且进进出出的牛车，车辕排列得密密麻麻。要求奉陪去寺院祈祷的人们争先恐后地前来效劳。

吃呀，喝呀，大吵大嚷。直到第三日黎明（任官审议结束），也没听到敲门报喜声。"怪呀！"人们洗耳谛听，只听得阵阵警跸 [天皇、贵族、高官出行时在前面命令民众回避的人马] 之声，原来公卿大人都已散去。为了打探消息，天一黑便守在衙门旁冻得发抖的男仆们，疲惫无力地走了回来；在这里等候的人们连问一声"情况如何"，都没有心思了。那些属于旁观者的来客却问："老师得了个什么官？"肯定有人半开玩笑地回答："某国的前任国司！"真诚相信必然封官的人们则深深叹息。

翌晨，挤得水泄不通的人们，逐渐地一位、两位，静悄地溜走。曾多年效力、不肯那么淡淡离去的人们，边屈指计算明年哪些地区国司空缺，边游移不定地四处徘徊，样子十分可怜，甚是扫兴。

好歹完成一首和歌寄给别人，却不见答歌。假如是情书不见回音，倒也无可奈何。不过，纵然如此，假如在情趣盎然的季节寄出的歌函不见答歌，自然让人感到超乎想像的厌恶与沮丧。

再者，忙于趋炎附势而声名大噪者那里，有些老者，闲得无聊，暇日太多，便信笔写些怀旧的、尤其空洞无物的歌寄来，岂不扫兴！

举行某种仪式时，桧扇很重要。如果将桧扇交给精通扇画的人，到了要用的那天，到手的扇子竟画了些意想不到的绘画，多么败兴！

生儿育女时的喜宴，饯别时的马前祈祷，对于前去送礼的人不赏点喜钱，自然扫兴。即使对于拿点香囊或卵槌 [桃木制成的槌形小盒，送人可怯病] 转来转去的人，也该给些赠礼的。出乎意料地收到赠礼，我想一定非常高兴；相反，如果送礼人认为今日定会收到赠礼，心潮澎湃地赶来，结果却一无所获，那才叫人扫兴哩！

招了女婿，过了四、五年也不曾听到产房里传出喧笑声的人家；或是儿女已经长大成人，弄不好，说不定连孙子都到了会爬的年纪，但老人却同床午睡。料想孩童们虽说年幼，也会觉得大人们午睡，自己却没个安身之处，定会感到十分扫兴的吧！醒来立刻洗澡，那就岂止扫兴，甚至可气了。

除夕之夜，阴雨绵绵，可谓"百日精进，一天怠惰"吧！

八月穿白袭 [夹层白衣，八月穿不合时宜]，没有奶的乳妈，也都令人扫兴。

（第二二段）

可憎的事

可憎的事：有急事时唠叨个没完的宾客。假如是个可以藐视的人，道一声"以后再谈"，便足以将他赶走。但他确实是一位慢待不得的客人，因而十分可憎。

砚池里有发丝，却依然研墨。其次，墨里有不少砂石，磨起来吱吱嘎嘎直响。

患有急病，去请修练者。在他久居之处竟不见踪影；又到别处四下寻找。这中间，焦急地等候了好久，总算接他到家，高高兴兴地请他为病人念咒消灾。然而，此时此刻，他也许由于在别处降妖捉怪疲劳过度的缘故，刚一坐下，诵经声便改为鼾声了。真是可恶已极。

平庸无奇的人，却爱独自笑眯眯地高谈阔论。在火盆或地炉烤火的人，将手心翻来覆去，搓平手上的皱纹。究竟何时年轻人干过那种丢人的事？只有老态龙钟不成体统的人，才连脚都放在火盆沿上，一定是边谈边搓脚的吧！这号人到别人家，先用扇子将想要落座的地方去尘土，再打扫一下扔掉。他心神不定，稀里糊涂，竟将便服前襟塞到膝下落座。这等事满以为是卑微之徒之所为，却是有一定身份的人——式部省的大夫或骏河国的前任国司干的。

还有，喝起酒来吵吵嚷嚷，咂嘴弄舌；有胡须的人拈呀搓呀的，还举杯敬酒给别人喝，那副样子实在令人生厌。喝到难受的程度，一定是嘴角往上一翘，对对方说"再喝一杯"的吧！浑身颤抖，宛如儿童唱"国府大人"时的样子。如此贱人，不会没有。但若确属身份很高的上等人物也这么干，自然令人心烦。

妒羡别人，慨叹自身。喜欢谈论别人，微末小事，也想知道。爱打听。不告诉，他就怨恨，骂人。而且，稍微听到点风声，便像原本就知道似的，一古脑儿起劲儿地讲给别人听，十分可憎。

刚想听时，婴儿哭泣；乌鸦成群，乱飞乱叫。

平庸的人

　　他们喝起酒来吵吵嚷嚷，咂嘴弄舌。本图选自《绘师草子》。

有人蹑手蹑脚地走来。那狗本已熟识，却犹狂吠，真想将它打杀算了。本不该这么做，但还是让他藏在不该藏的地方，他却打起鼾声。

在悄悄溜进的地方竟戴上高耸的乌帽子，以为不会被人发现。偏偏仓皇溜出时，不知乌帽子撞在何处，砰的一声响，十分可憎。走近伊豫国出产的粗糙竹帘，卷帘时竟将竹帘顶在头上，发出哗啦啦的声音。这也非常可憎。镶布边的竹帘，因下端附有硬板，发出声来格外响亮。假如将下端轻轻地卷起，出入时便毫无声响了。

其次，粗暴地拉开拉门，也很可憎。只要往上提着点再开，还会响吗？倘如开得笨拙，连纸格门都会作响，发出呱哒哒的声音，听起来更加隆隆震耳。

困了。躺下时蚊虫柔声细语地提名报号，在脸旁飞来荡去；双翼来的风不比它的体重轻，太烦人了。

坐着吱嘎乱叫的牛车转来转去的人，莫非是个聋子？太可恨！他坐在车上，连牛车的主人都令人憎恨。

讲故事时插嘴。嘴尖舌快地出风头。独自抢先拦住别人的话。不论大人小孩，多嘴多舌地抢话，都很讨厌。

讲古代故事时，遇上自己知道的地方，便突

然插嘴，挑毛病，那也非常可恨。

老鼠跑来跑去，十分可憎。

到家来玩一会儿的小字辈，喜欢这里的孩子，送给各种有趣的玩物。如此成了习惯，总是坐下就不走，越来越过分、讨厌。

不论在家还是在宫中官府，当不想见的人来到时，正假装睡觉，手下人为了叫醒他，竟是一副将之视为"草包"的神色，连拉带晃，非常讨厌。

初来乍到的人，竟然越位发言，开口称赞从前与他有过关系的女人。虽然那是从前的事，早已时过境迁，但依然可憎。何况，假如那种关系是现实，其可憎程度更不堪想像。不过，按时间、地点、情节并不那么严重的事例，也委实是有的。

还有打完喷嚏念咒的人。大抵除非家中男主人。凡是高声打喷嚏的，都是可恨。

跳蚤也很可恨。在衣服里跳来跳去，仿佛要掀起衣服似的。讨厌！

其次，群狗长时间地高声嗥叫，可恨！

（第二五段）

拂晓归来的人

　　从女人身边拂晓归来的人，寻找昨夜曾放在寝室的团扇和怀纸[揣在怀里用以记录和歌的卷纸]，由于太黑，便找呀找的，摸来摸去。将那一带翻来覆去地敲敲打打。口里嘟哝："怪了，怪了！"好歹找到，将怀纸沙沙地揣进怀里，展开扇子呱嗒嗒地玩弄，道一声"告辞"之类冷冰冰的话。世人都说那样子令人讨厌。然而，这样人却多得很，毫无可爱之处。

　　和这个男人同样，一名不等天亮便离开女子的人，将乌帽子的帽带系得很紧。其实，不是满可以不必系得那么紧吗？假如悄悄地戴上帽子，不扎帽带，难道从这隐秘处归去的姿容人们会有所责难吗？太不成体统。难看！即使直衣或便服穿得歪歪扭扭，难道熟人见了还会讥笑或破口大骂吗？

　　人哪，还是只有天亮告辞的风度，才称得上风流。不懂事理的人磨磨蹭蹭，懒得起床；硬是劝说，才遵命行事。女人批评："拂晓终于已经过去了。啊，太不像话！"等等。看那男人唉声叹气的样子，令人以为他真的不满足，真的太疲倦了吧！他坐着不动。指贯裤就在身边，就是不

肯穿。这当儿，他什么事都不做，只是向女人身边靠拢，将昨夜说了通宵依然未尽的余音，对着女人的耳边细语。然后，他心不在焉，没想干什么，但总算勉勉强强地扎好了衣带。

他拉开扇，带着女人一同从侧门出去，边说离别后白昼的无奈和不安，边悄悄地从女人家溜走。

自然，就女人来说，要目送男人的背影，其惜别之情，也该是一幅亮丽的风景吧？与此相反，男人虽惜别之时，也不由地想起另一个女人的去处，于是，格外迅速地起床，摇摇晃晃地站起，将指贯裤的裤腰扎得紧紧的，将直衣、外褂、便服的袖子抱起，将所有带来的东西装进怀里，扎紧腰带，可恨！

（第二八段）

拂晓归来的男子

　　夏天夜很短，与情人幽会，落个通宵未眠，归来后那副衣冠不整的模样，颇有风情。只有天亮告辞的风度，才称得上风流。本图选自日本国宝《叶月物语绘卷》。

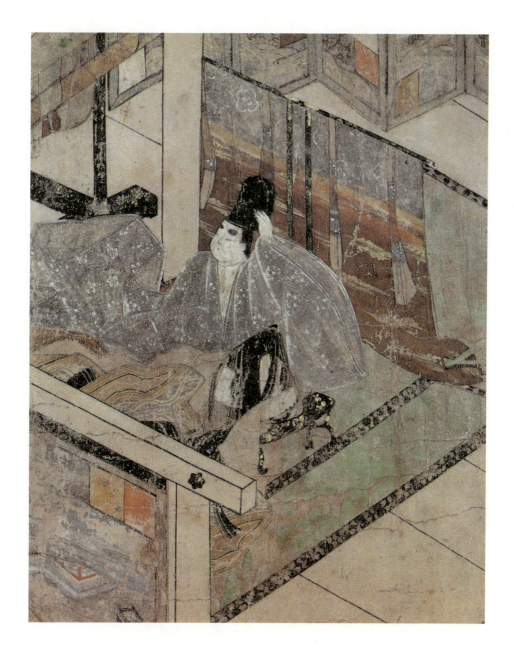

令人惊心的事

令人惊心的事：麻雀竟然从婴儿玩耍的马路上通过。

发现中国进口的明镜有了云翳。

身份高贵的男子将牛车停在门外，叫人前去传话。

燃起上等熏香，却独自一人睡下。

洗头，化妆，穿上浸满香气的衣裳，即使在没人看见的地方，心中也十分快活。

待伊相会的夜晚，连两脚落地与风摇窗棂的声音，也令人登时大吃一惊。

（第二九段）

洗头化妆

　　洗头、化妆，穿上浸满香气的衣裳，心中十分快活。本图出自《春日权现验记绘卷》。

槟榔绒牛车

槟榔绒牛车：最好让它慢慢地走。赶得太快，显得轻浮。竹席车[竹席车棚的牛车，天皇及高官专用]最适于赶起来快跑。从别人家门前跑过时，一闪的工夫便掠目而过，只有随从们跟在后边奔跑，叫人猜想：车上的主子是谁？那才有趣。假如缓缓地走过，则极其糟糕。

（第三二段）

槟榔绒牛车

槟榔绒牛车最好慢慢地走。本图选自《法然尚人绘传》。

◢ 奔驰的牛车

队伍后头的两辆牛车的牛，兴奋起来，向前奔跑，吸引周边的人围观，清女在不少随笔中，谈到牛和牛车，反映了当时的人生片段。本图选自《年中行事绘卷》。

最是七月炎热天

最是七月炎热天，四处门帘都打开。不仅白天，夜里也大敞着。月明之夜，睡着睡着，忽然醒来，起身从室内向外界眺望，非常开心。

没有月亮的黑夜也颇有风趣。清晨朦胧的下弦月，其美无以言喻。

惟独这时，在非常鲜艳的板廊边缘附近，铺了一张崭新、镶边的单席，竟将三尺屏风远远挤到房间深处，这并不适于完成几帐的任务，也毫无意义。本应立在门外的。说什么"屋里的人会叫他挂牵"，真是奇谈怪论！

男人定是已经外出。女人穿着淡紫色衣服，里子是深紫色，衣面处处稍微褪色，否则便是紫色的绢织斜纹，非常光滑，大概浆糊尚未脱落。她就是用这件衣服似乎蒙头大睡了。她下身穿的是香染的单衣，不然，便是深红色的生绢裤。腰带特别长，从衣服下端延伸出来，仿佛一直解开的吧？

女人身旁，乌发重重叠叠、蓬蓬松松，发丝之长，不难想像。

这时，又不知从何处走来一名男子。晨烟浓雾中穿着蓝中带红的指贯裤；辨不清有无色彩的香染，便服、白色生绢的单衣，（由于里边的红色衣服透了过来）十分鲜艳。由于被雾气打得很湿，仿佛脱了似地垂落。鬓发蓬松，纵然压在帽下，也还显得凌乱。他心想：趁牵牛花上的晨露未消，给女方写封惜别笺吧！

路程并不遥远，口里哼着歌："樱麻田里的草上露。"他向家门走去。

但见闺阁的花格窗开了半扇，便从帘边欠点缝一瞧，大概过夜的男人已经走了，倒也蛮有趣的。

归去的男子大概也深感晨露无常，须速速写惜别笺而匆匆归去的吧！

归来的男子瞧了一会儿女人，只见女人枕侧展开地，放着一把朴木骨架、糊着紫色纸面的扇子，还有用檀纸裁成的叠纸，叠得很小，淡蓝色，暗香浮动，流

 窥视女人寝室

　　男子瞧了一会儿女人，只见女人侧枕而卧，一阵暗香浮动，飘向屏风，可称得上风流。此图出自日本国宝《紫式部日记绘卷》。

向屏风。

听到有人进屋的声息，女人从蒙头的衣衫下一瞧，那男子笑嘻嘻地走进低栏坐下。他并非叫女人害羞的男子，但也毫无值得亲热一番的情趣，却又被他完全看清了自己的眠姿睡态。

"真是无比的幸福呀！这可是回味风流余韵的早觉哟！"男人说着，将半个身子钻进帘内。

"你这是抢在露消之前赶路归来人的抱怨吧？"女人不轻不重地揶揄道。

这类风流韵事并非值得大书而特书，但如此言来语去，倒也有趣。

男人弓起腰来，探出身子，用自己手里的扇子，去够女人枕边的那把扇子。女人担心他越位地靠近自己，心里怦怦直跳，不由得将身子缩进盖在身上的衣裳里。

男人拿起女人枕边的扇子，瞧呀瞧的，说：

"还以为你俩挺冷淡的呢。"他话里带刺，轻轻地发着怨言。

那当儿，天已亮了。周围人声嘈杂，太阳也该升起了吧！男人心里十分焦虑：本想趁晨露未消，急忙写封惜别信，却是这样慢腾腾的。

适才从这个女人身边走开的那位男子，不知什么工夫写了信，折了一枝带露的胡枝子，将信附在枝上。虽已将信差人送来，但因有男子在，却碍难交付。信笺上熏透了浓郁的香气，非常开心。

那位男子从女人身边走开，心想："刚才离开的那家女人也该是同样情景吧？"作为一名男子，如此浮想联翩，倒也颇有风趣哩！

（第四三段）

木本的花朵

木本的花，属梅花。不论花色浓或淡，总是红梅最美。

樱花，花瓣大，色泽鲜，花枝细，开得干爽爽的最好。

藤花，以花房长长地弯曲下垂、开得色泽艳丽者最为喜人。

水晶花，品格低，不足道也。但其开花时节还算有趣。也许由于联想到郭公鸟会藏在花阴吧。

参加贺茂祭的归途，只见紫草园一带是些鄙陋的房舍。乔木丛生的墙根，开着格外洁白的水晶花，倒也稀奇；恰似女人稍有嫩黄的淡绿色上衣，外加白色的单袭；而且，没有水晶花的地方，宛如绿面带点黄色的衣裳，这也颇俱风韵。

四月末至五月初，桔树叶浓绿，花开得雪白；落雨的清晨，有一番举世无比的情趣，十分悦目。花蕊里疑似金蛋蛋，那情景，不亚于晨露滋润时的樱花。也许由于令人联想到郭公鸟飞来，其优美境界更无须赘言。

梨花是人间最令人扫兴的尤物。即使放在显而易见的地方，也不肯将写得漂漂亮亮的书信与它挨在一起。人们见了一张毫不可爱的脸，便拿此花做比，倒也没错。那花色，看在眼里，毫无价值。

花

木本的花，属梅花，平安时代从中国传入。不论花色或浓或淡，总是红梅最美。本图出自《松崎天神缘起绘卷》。

然而，在西土唐朝却视之为无上奇葩，还作了一些汉诗。话虽这么说，但我想："它果真有什么非凡之处吗？"便硬着头皮一瞧，花瓣尖上似乎有点似幻似真的妖艳之美。杨贵妃见玄宗之御使时哭了。有诗将其悲容比作"梨花一枝春带雨"，我想，这恐怕非同小可吧！令人感到绝妙，无与伦比。

桐花开的是紫色，倒也颇有情趣。虽然桐叶翻飞的样子令人不快，但其他树木依然不可与之相提并论。听说中国有个被大肆宣扬的名字——凤凰鸟，还单选梧桐树栖身，觉得极其与众不同。何况可用桐木制琴，发出各种声音。不该用世上一般性的赞语如"这很有趣"之类赞美它，应该说："非常美！"

楝树的风姿并不给人以美感，但楝树花很神奇。它好像枯干了似的，却开得极不寻常，肯定在五月五日开花，这也很不一般。

（第四四段）

樱花

樱枝上满开的樱花，一直延到栏杆外的地面上。在清女眼里，樱花之美是永恒的。本图选自《半夜惊醒物语绘卷》。

鸟

鸟:鹦鹉,虽是异国产物,但很可爱。还有杜鹃、秧鸡、鹬鸟、鸮鸟、金翅雀、鹡雀、百合鸥。

据说河边白鸻叫得同伴心慌意乱。妙!

大雁啼声,远闻之,颇凄怆。

听说野鸭能拂却羽上霜。思量起来,很有趣。

黄莺不论风姿、容貌或歌声,都好得举世无双。然而,从夏到秋,总是以老气横秋的声音鸣唱;又不在宫廷中居住,令人感到十分逊色。还有,它夜间不唱,觉得是个贪眠之鸟。

我在深宫效力十载,一打听,都说一向未曾听见过黄莺啼唱。尽管如此,但皇宫附近有许多青竹,这些黄莺飞来时恰好提供了方便的竹枝。

从宫中退下后,听到寒酸之家的梅林中,却有黄莺在高歌欢唱。

与它相比,杜鹃鸟在人们等得不耐烦之后,总会歌唱一曲,让人们如愿以偿,心肠非常善良。不过,据说到了六月天,它就真的不做声了——假如是全年没个好啼声的麻雀,也就不会像对黄莺那般发出感叹。但是,黄莺作为春天的鸟,

鸟

杜鹃一曲很美,黄莺歌声举世无双,水鸟叫声也动人,许多鸟可以入诗成文。本图选自江户时代初期《源氏物语色纸》。

自"岁月更新"时便期盼它的啼声。如此尚且令人失望，那是很遗憾的。不过，即使拿人来说吧，有谁对未成年人进行非难？就说鸟类吧，有谁对飞来飞去的乌鸦和老鹰注视或倾听？尽管黄莺被写进了汉诗文，但在上述一些方面，心里觉得不大满足。

家鸡鸡雏的唧唧叫声很动听。

水鸟的叫声也动听。

山鸡思恋同伴而鸣叫时，给它放一面镜子看，心里便仿佛获得了慰藉，这太纯真，太动人了。至于雌雄二鸡竟隔着一道山谷过夜，令人非常痛心。

仙鹤看样子架子很大。但是，据说它的啼声可以"声闻于天"，非常可敬，可贺。

红头雀，斑鸠的雄鸟，巧妇鸟，也都还好。

鹭鸶外表就很难看。眼神也罢，一切都令人厌烦，难有好感。但是，有歌吟道："滔滔如浪大森林，独自不安寝。"于是，争抢妻子，很妙。

鸳鸯总是深深打动人心的。据说它俩互相交换位置，打扫羽翅上的寒霜，非常可爱。大雁的啼声传得很远、很远，给人的感受很深；而啼声近的，就逊色了。

千鸟非常美。箱鸟也不错。

（第四八段）

虫

虫：铃虫、松虫、纺织娘、蟋蟀、蝴蝶、裂壳虫、蜉蝣、萤火虫。

蓑衣虫很可怜。它是鬼所生。如果长得像父母，一定也很吓人。父母便给它穿上破烂衣裳，对它说：

"不久，秋风吹来时，当来接你。可要等着哟！"

蓑衣虫哪里知道父母已逃之夭夭。当听到秋风起时已是八月，便孤苦伶仃地哭泣："爸爸哟，妈妈哟！"令人非常痛心。

茅蜩、磕头虫也很可怜。那么个小虫，也产生求道之心，是用头触地，四处叩拜吧？并且，出乎意料，还听它在昏暗处咕咚咚地磕响头，真有意思。

苍蝇当然应该算进可憎事物之列。像苍蝇之类毫不可爱、极其可憎的东西，它那副样子，并非可以当成个非常的虫而落笔成文之物。但是，它在许多物品上驻足，湿漉漉的脚还站在人脸上。提起那副样子，真真……人的名字倘若粘个"蝇"字，必然人生旅程大不易了。

夏虫显得很有趣，又很可爱。当手拿青灯、凑近些读"物语"时，它在书本上飞来飞去，非常开心。

蚂蚁很讨厌。不过，它身子很轻，竟能在水面上平安地跑来跑去，十分有趣。

（第五〇段）

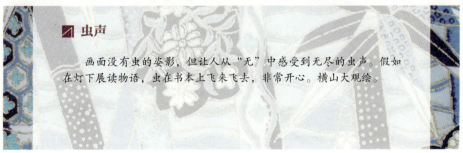

◢ 虫声

画面没有虫的姿影，但让人从"无"中感受到无尽的虫声。假如在灯下展读物语，虫在书本上飞来飞去，非常开心。横山大观绘。

七月里，风劲吹

七月里，风劲吹。大雨哗哗下的日子，大抵天气很凉，早已忘记用扇子的事。这时，将带有汗水味的薄衣拉过来，蒙在头上，睡个午觉，很是舒畅。

（第五一段）

初秋午睡

七月里，风劲吹。穿着薄衣，睡个午觉，很是舒畅。海老名正夫画的木版画。

不相称的事

不相称的事：头发不好的人，却穿着白绫衣服。

弯弯曲曲的鬓发却佩戴着葵花叶。

低劣的字迹却写在红纸上。

贫困之家却偏偏赶上下雪。而且，就连月光照临，都觉得多此一举。

月色分外明亮的夜晚，敞蓬的粗劣牛车，却由黄牛拉着。

年老妇女腆个大肚子，喘着粗气走来走去。而且，这号女子有个年轻的男人，本就极其有失体统；可她竟因男人去另外的女人家而吃醋。

老头子竟娇声媚气地谈话。还有，老头儿满脸胡须，却抓起柯树果 [坚果，小儿喜食之物] 喀开吃。

没牙老妇吃梅子，酸得直咧嘴。

身份卑贱的女人穿条红裤子。迩来似乎都是这副打扮。

背弓携箭的佐官竟然夜巡，还穿着便装"狩衣"，显得异常轻浮。他们或者穿上令人生畏的红袍官服，耀武扬威地转来转去。那样子假如被人发觉，是要遭到白眼的。他们由于职业习气，即使开玩笑时也会责问："没有可疑的人吗？"

还有，官居六位的君侧侍从——藏人，号称"殿上判官"，又是身兼"检非违使"的尉官，被视为"盖世显赫"。一些不了解宫中情况的黎庶贱民，几乎认为他们不是尘世上的人，吓得不敢正视。然而，他们却偷偷地钻进深宫过廊中的女官居室去睡觉，与其身份大不相称。兰房中到处燃起蕙香，屏风上搭着白色布裤，又沉重，又龉龊。不过，料想它也许洁白得闪闪发光呢。

他们傲气十足，好像惟他聪明；穿上开袖、开襟的袍子，底襟活像老鼠尾巴，大概还卷得细细的搭在屏风上吧？那副样子正是与找女人不相称的夜巡官员的真实写照。这位官爷，奉劝他在任期内还是规矩些，不要去女官的闺房吧！官居五位的藏人也不例外。

（第五二段）

衣衫褴褛的牛倌

用一个衣衫褴褛的牛倌赶车，再也没有比这更叫人看不惯的了。其他跟车的人们，由于跟在车后走，还说得过去；但是，站在牛前人们凝神注视的牛倌，如果觉得他脏里脏气，那就太令人扫兴了。

跟在车后，带领毫不出色的男仆走路，那样子非常难看。

瘦弱不堪的男子，看来好像随从，穿条黑裤，而且越往下越黑。一件便服由于总穿，已经旧了。这般模样的男仆在奔跑的车旁慢腾腾地跟着，虽然不能把他看成劣等货色，但一般说来，毕竟用一个衣着太差的人不好。

衣服穿破，倒也不乏其例；只要穿着合身，没什么毛病，也就将就将就，轻轻放过吧！只有朝廷赐给的佣人才穿得干净利落，而自家佣人的衣着却令人觉得很脏，这似乎岂有此理。

家中佣人，既然是家庭一员，不论差他外出去做使者或是在家迎接客人，能看到许多干干净净的女僮，那才非常畅怀。

（第六一段）

■ **衣衫褴褛的牛倌**

牛倌衣衫褴褛，脏里脏气，太令人扫兴。本图选自日本国宝《紫式部日记绘卷》。

牛车路过门前

　　牛车路过别人门前，见有男孩，大约十岁上下，头发很整齐，披散得很长，十分可爱。

　　还有五、六岁的孩子，头发好像重重叠叠、圆圆地卷在脖颈处，脸蛋儿红噗噗、圆鼓鼓的，挥舞着别致的弯弓和类似小树枝模拟的箭，非常可爱。

　　我真想停下牛车，将他抱上车来。

　　再继续往前走，从门后大量飘溢出熏衣服之类的香气，非常高雅。

（六二段）

桥

　　桥：有浅水桥、长柄桥、天彦桥、滨名桥、独木桥、佐野的船桥、歌洁桥、轰鸣桥、小川桥、栈桥、濑田桥、木曾路桥、堀江桥、鹊桥、小野的浮桥、山菅桥。以上，闻其名而怡于情。

　　还有假寐桥。

（第六五段）

桥

　　清女列举许多桥名，赞叹闻其名而怡于情。柳桥水车乃王朝贵人所憧憬的风景。本图为室町时代的《柳桥水车图》。

不能相比的事

　　不能相比的事：

　　夏与冬、夜与昼、雨和晴。小伙和老头、人们的笑与怒。黑与白、爱与恨、蓝与黄、雨与雾。

　　　　　　　　同是一个人，对恋人失去爱时，会觉得真的变个人了。

　　　　　　　　　　　　　　　　　　（第七二段）

　◣ **焦等恋人**

　　对恋人失去爱时，会觉得真的变个人了。本图选自《荣华物语绘卷》。

幽会的地方

　　幽会的地方，夏天最有意思。夜很短，稀里糊涂天就亮了，落个通宵未眠。由于门窗等一直敞着，凉爽中四野尽收眼底。

　　还有点话要说，俩人便东一句、西一句地交谈。那当儿，乌鸦高声大叫地飞过，意思是："我可眼见为实"。

（第七四段）

难得的事

难得的事：

丈人夸女婿。

婆母疼爱媳妇。

擅于拔毛的银镊子。

不说主人坏话的仆人。

毫无缺点与不是，容貌、性体、风度都很优秀，和平常人夹杂在一起行路时，挑不出半点毛病。

住在一起，彼此客客气气，称赞对方是杰出人才，却终于不见面了。这样的人委实罕见。

抄写物语、歌集时，不让原书沾上墨。漂亮的书本，再怎么十分小心地抄写，似乎也一定会弄脏的。

不论男人和女人、法师与僧徒，即使山盟海誓，相亲相爱，但能好到最后的颇为罕见。

又听话又能干的仆从。

让佣人"捶绢"时，捶得令人惊喜："啊，真漂亮！"

（第七七段）

女官住在同一室，彼此客客气气，互敬互爱，实为难得的事。本图选自《扇面古写经》。

女官的闺房

女官的寝室，也便是"细殿"，很有趣的。由于上半扇格子板窗吊了起来，风儿大量吹进，即使夏天，也很凉爽。冬天则雪与雪珠随风飘进，十分有趣。

屋子很小，女孩进宫坐在这里，不大好受，便躲在屏风后面，不像在别处的女官寝室那样高声大笑，这非常好。

纵然白昼，也不可粗心大意，必须提高警惕。夜里依然，更不可有半点马虎，这很有意思。

殿上人从寝室前走过的步履声彻夜响个不停。忽然，脚步声停止，有人只用一个手指叩门。"大半是他吧？"立刻很自然地知道是谁，很耐人寻味。

有时长时间敲门，室内却毫无声息，那男人大约以为："已经睡熟了。"会生气的。女官便动动身子出点声音，或是发出点摩擦衣服的响动。那男人一定会想："仿佛还没躺下呢。"男人在门外扇子的声音清晰入耳。室内静静地拨弄冬天火盆的铁筷子，尽管怕人听见，悄悄地动作，还是被听见了。门外的男人便更加速地叩门，大声呼叫。女官尽管已经隐蔽，有时也猛然溜过去，听听男人的动向。

难堪的女官

心爱的贵人在女官闺房里，竟然喝得酩酊大醉，随便说起家里秘密的事，女官真是难堪。本图选自日本国宝《紫式部日记绘卷》。

正有众多的人齐声唱歌，门外男子并不怎么敲门。但是，女方倒去开门了。门外有很多并没想前来的人也都驻步站立。因为没有理由过多的人全都入室，他们便一直在室外渡廊中站了个通宵，倒也风趣十足。

帘子是深青色。怪的是屏帐的帷幕色彩非常鲜艳。在女官们的衣襟稍微显露处，权贵们穿着宫廷便服。身后有穿着绽线透亮衣服的公子、小姐们。身居六位的藏人穿着青袍，扬扬得意的样子。他们身子没法倚在拉门上站着，便背靠着墙，不停地双袖合拢（表示谦恭），多么好笑！

还有的穿指贯裤或便装，色调十分鲜艳。几层各种色彩的下裳从上衣下外露。他们从帘外拥进，只有半身进到帘内。那副样子，从旁看来一定很有趣吧！不过，那男人将非常漂亮的砚台推近，写起信来，有时还借镜子，将凌乱的鬓发拢好。那副样子也无处不引人发笑。

立的是三尺高的屏帐。不过，屏帐上端与镶边的帽帘的下端之间，只有一点点空隙，恰好与门外站着的人和室内坐着的人的面庞一般高。很有意思。假如是个头太高或太矮的人，又将怎样？还是世上标准身材的人，都会做得恰到好处的。

（第七八段）

在中宫职后妃室

中宫驾临中宫职的后妃室时，只见庭院中，林木深深，一派古旧气象。房屋构架也太高，不禁产生陌生之感；但不知怎么，又颇感兴趣。

传说正房有鬼，便四面都用间壁隔开。在南厢房立了屏帐，权作寓所。并有女官居于厢房伺候。

公卿们上朝，须从近卫御门跨进左卫门的警卫所。那时，先遣武士的警跸声比起殿上人上朝时前哨武士的警跸声短些，因此，分别称之为大先遣、小先遣。听得久了，已经耳熟，是谁的声音，自然会辨别清楚。于是，有的说：

"这是××，是他。那是××，那位。"

又有别的女官说："不是他。"还差人去看。

猜中了的人说："所以呀，我说是他么。"

一时好不热闹。

天明时，女官们在浓雾弥漫的院庭中闲溜。中宫听见脚步声，再有人叫她，她便也起床。

　　上屋值宿的女官们都到院子里去玩的过程中，天色逐渐大亮。有人提议："去左卫门参观吧！"说罢便走。随后争先恐后地陆续跟上。只听众多殿上人正朝这边走来的声音，口里吟道：

　　　　池冷水无三伏夏，
　　　　松高风有一声秋。

　　女官们跑进屋里，听得见那些殿上人和女官们的谈话声。有的殿上人很关怀地问："你们是在赏月吧？"

　　不论昼夜，殿上人来访，络绎不绝。公卿上、下朝或进宫时，凡是无大事、无急事的人，一定要到中宫职来的。

（第八〇段）

两个尼姑

中宫驾临中宫职的后妃室时，西厢房里昼夜不断传出诵经声。那里挂起佛像，坐着法师，其尊严气氛，毋须赘言。

开始诵经两天，忽听檐廊下有个寒酸的人说：

"佛前的供品有撤下来的吧？"

法师应付地说：

"哪里，哪里，还早呢。"

我想知道是什么人问供品的事。走出去一看，原来是一位老尼姑。她穿一条脏得漆黑的裤子，又细又短，像两个竹筒似的。腰带下五寸多，穿的同样窄小，不知可否叫做道袍。说话时的样子活像个猴。

我问道："你刚才说的话是什么意思呀？"

老尼姑遮遮掩掩地说：

"我是佛门弟子。所以我说，请把佛前撤下的供品布施给我吧！可那位法师还很舍不得呢。"

闻其声，既花哨，又优雅。

像这样人，愈是显得颓靡不振，才愈能令人觉得值得同情。而她竟然派头太大，惹人讨厌。

我又问一句，以便察颜观色：

"你是别的不吃，只吃佛前撤下的供品吗？值得钦佩。"

"哪里是不吃别的东西。只因没有别的，才求助于撤下的供品嘛！"

听她这么一说，我将水果、大块饼干装在盒里送给她。于是，我俩非常要好，她谈起种种故事。

堆雪山

腊月积雪很厚，中宫下令侍从把雪山堆得很高。清女作歌「惟有此地见雪山，珍奇好景观。」本图选自日本国宝《枕草子绘词》。

年青女官们也出来，七嘴八舌地问她："有丈夫吗？""住在哪里？"等等。听她说话又风趣，又逗乐，便又问：

"你唱歌吗？跳舞吗？"

不待听完问话，她便唱了起来：

> 我陪谁去睡哟？
> 和常陆介一同睡。
> 睡觉时的肌肤多娇媚。

这首歌接续歌词还很长。她又唱道：

> 男子山尖上的红叶哟，
> 那么多情，
> 留下了风流名。

老尼姑边唱边将头滴溜溜地转，叫人非常看不惯。大家厌恶地笑着，赶她："你走吧，走吧！"非常好笑。

我说："这个人，给她点什么吧！"

中宫听了这番话，说道：

"太不像话！唉，为什么叫她做那类表演呢？连一旁听着都觉得难为情呢。怎么也听不下去，我就捂住了耳朵。把那件衣服给她。叫她快些到那边去！"

我便拿来衣服，对老尼姑说：

"这是上头叫你来领赏的哟！你身上的衣服太小，太脏。换上这件干净的吧！"

说着，我把衣服扔给她。她伏地叩拜。怎么？又把到手的衣服披在肩上，岂非跳"拜谢舞"[将赏下的衣服搭在肩上施拜谢之礼，乃有地位人之礼仪]吗？真真讨厌。

大家都进屋了。

其后，也许混熟了吧？总是特意为了叫人们注意到她，在房前转来转去。从此，大家便借用歌词，一字不改地送给她个绰号，叫她"常陆介"。

衣服也不换件干净的穿，还是那么又瘦又脏。以前给她的弄到哪里去了？大家正在烦她，右近内侍参见中宫。这时中宫说：

"此人，这里的女官们似乎用小恩小惠将她笼络住了。所以，才这样不时的就来。"

中宫介绍了老尼姑上次来时的语声，命小女官照样模仿一遍给她听。

小女官说：

"我一定要见见那个人。请您一定让我见见吧！不是已经成为偏爱的熟客了吗？任何情况下我都不会拉拉拢拢将她抢到手的。"说着，笑了起来。

其后，又来了个讨饭的尼姑，流露出十分高雅的风度，便又叫来，问这问那。这位尼姑却一副羞怯的样子，令人深深同情，就送给她一件衣服，她伏地叩谢。这且不提，她竟高兴得哭着走了。赶巧，被常陆介遇见，都看在眼里了。

其后很久，再也没有见到常陆介的影子。可究竟有谁想起过她呢？

其二　堆雪山

腊月十几日，大雪下得很深，积雪很厚。女官们用箱盖盒盖之类，装呀装呀的，装了许多雪放着。

女官们说："反正是一样的事，那就让我们去庭院中造一座真的雪山吧！"

于是，中宫下令，召集众多侍从。还有主殿司前来清扫的人们，全都聚在一起，把雪山堆得很高。中官职的官员也聚在这里出主意，因为要堆砌得特殊一些，藏人所也来了三、四名。主殿司来了二十多名。还把公余在家的侍从们叫来当佣人，对他们传达上方命令说：

"对于今天参加堆雪山的人，定会有赏。而没有参加堆雪山的人，俸禄停止在以前的数目上不动。"

听说这个命令的人，有的仓惶跑来。但是，那些私宅较远的人便不可能全部通知了。

全部峻工后，召集职院的人员，做为奖赏，对大家赠以两捆细绢，扔在廊檐下，各来取走一份。人人都躬身而拜，将绢掖进在便服腰间，然后全都退下。官人们只有一部分穿着袍子，其余的人都穿着官服便装呆在那里。

中宫问："这雪山能保存多久呢？"

女官们有的说："能保存十天上下吧？"当时在场的所有人都异口同声地咬定十天上下。

中宫问我："如何？"

我不揣冒昧，回答说："肯定会保存到正月十五吧！"

"中宫的意思似乎是："不会那么久吧？"

女官们也都说："年内恐怕连捱到月末都维持不住吧！"

我心想："说的日期太远了。的确，很难保存那么久。只说能保存到月初就好了。不过，算啦。即使保存不了那么久，既已一言出口……"我便顽固地争辩到底。

到了二十日左右，尽管下雨，但是雪山并未消失，只是身高逐渐低了下来。假如祈祷："白山〔在和歌中被盛赞的胜地，又因雪大而闻名〕的菩萨，请无论如何不叫这座雪山融化吧！"那又有点疯疯颠颠。

且说，堆雪山那天，式部丞忠隆做为天皇的御使光临，拿出座垫让坐后，他说：

"今天，雪山么，无处不在造。清凉殿前的庭院中造了一座，东宫和弘徽殿造了一座；京极殿也造了一座。"

我作歌曰：

> 原作非非想，
> 惟有此地见雪山。
> 珍奇好景观。
> 岂知普降漫天雪，
> 此山已是旧雪山。

"我不想作首'答歌'给她，那会沾污她的佳作的。"忠隆开玩笑地说。"还是拿到惟帘前去念给各位女官听吧！"忠隆说罢告辞。

真怪，听说他非常喜欢和歌呀！

中宫听了，说道："他一定是想把答歌酝酿得绝妙呢？"

到了月末，雪山似乎瘦小了些，但依然高高耸立。傍午，女官们出去坐着时，常陆介出现了。大家问她：

"为什么好长时间没有见到你呀？"

"不，哪里呀。是因为出点丢脸的事。"她说。

问她："什么事？"

"还不是因为我那么想……"她说罢，拖着长腔吟唱一首歌：

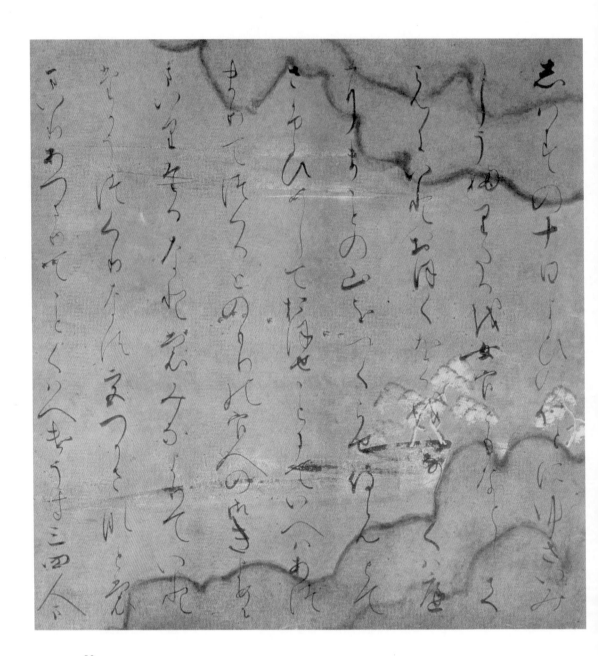

しもつきの十日ふの
ころいろは女もむ
えくくははくなし

うにの山をくらし
ここいひそくのこくへあ
まひしてなせいそいへあ
まりてほろとのられきの
まりほろとのられきの
これなにそねけるもうて
いつきそにそねけるまって
そうにほられまつにるる
にちあつてくくちすこ日人

谁个不眼馋，

赏我物品多如山，

想走也艰难。

何等海上渔家人，

得到赏赐数不完。

"我就是这么想的呀！"她说。

大家厌恶地一笑。因为没人理她，她便登上雪山，好歹总算转悠一会儿便去了。然后，差人呈报右近内侍："发生了如此一件事……"

内侍回信说：

"为何不遣人送来此间？她似乎因陷于尴尬窘境，方踏上雪山徘徊。怪可怜的。"

大家又笑了起来。其后雪山无恙，毫无变化，又岁月更新了。

正月初一，又下了很厚的雪。我想：这下子真高兴。雪山一定又增高了。

可是，中宫却传令："那毫无意义，原有的雪一律不动；新落的雪全都扫掉！"

当夜我在中宫身边服侍。翌晨很早便回到自己的房间，只见斋院的侍卫长冻得哆哆嗦嗦地跑来。他穿着柚叶般浓绿的值夜狩衣，袖子上放着一封系在松枝上的蓝纸信函。

问他："这位从何处来？"

他说："来自斋院。"

我顿时觉得太好了。便前去拜见中宫。

中宫仍在睡。我拽来几个棋盘做为踏台，独自咬牙将正房与厢房之间的格子帘举起，太重了。因为举起的是帘子的一端，嘎吱吱地响，惊醒了中宫，说：

"为什么卷帘而入？"

我说："斋院有信来，怎能不慌忙送来呀！"

"的确。一心一意只顾往这儿跑嘛。"中宫说着，起床了。她打开信件一看，原来是两个约五寸长的卯槌，像卯杖似的，将头部用纸包起来，用山橘、石松、山菅等可爱的花草做装饰，但竟无书信。

"不会没有一字一句吧？"中宫一看，包卯杖头部的小纸条上写了一首和歌：

> 响彻群山兮，
> 斧头声声声不断，
> 莫非修宫殿？
> 只为多多制卯杖，
> 伐木丁丁连成片。

中宫写回信时的神色也十分美妙。给斋院的信，不论发信还是复函，都格外审慎。也曾多次写坏，但表现得极其用心。

赐给斋院信使的赏品是白色织花的单衣；那苏枋色[红里带黑]的，肯定是梅花夹袍。信使肩挎赏品，回斋院府邸时走在白雪铺地的路上。那副样子，看来也十分优雅。不过，这一次未见中宫的答歌便结束，颇感遗憾。

那雪山真个像北越的白云，毫无消融的迹象。只是变得黑了，模样不招人爱看。我觉得自己赢了。"千万要捱到十五日呀！好与大家再相聚。"我在内心里暗暗祈祷。

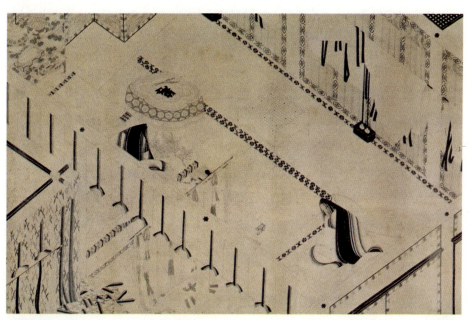

◢ 避邪卯槌

　　斋院于正月卯日（初四）给中宫送来卯槌，用来除魔避邪，并附一首和歌。中宫神色十分美妙。本图选自日本国宝《枕草子绘图》。

然而，女官们依然说："恐怕连七天也捱不到呢！"大家都盼着无论如何要看它最后一眼。

　　突然，三日那天，中宫预定回宫。我觉得非常遗憾，实实在在地心想："这座雪山竟然不能看它最后一眼了。"其他女官们也说："真想知道它的最后情景如何呢。"

　　中宫既已发话，本想猜猜雪山的结局将会如何，说给中宫听，但是说也没用，便没了这份兴趣。趁人声嘈杂、搬运工具的时机，将一名靠土墙外搭屋而居的园林看守人叫到廊下，亲切地嘱咐他说：

　　"你要好好看守这座雪山，不许被儿童或其他人踩坏，要保存到正月十五。你要尽职尽责。到了那一天，上边会赏给你许多奖品，我个人也将赠以厚礼。"

　　平常，看守人一见御曹司厨房里的女官和佣人便苦苦央求。尽管讨厌，还是给了他大量的水果呀什么的。所以，他笑嘻嘻地说：

　　"这是极其容易的事。我好好看守便是。让小孩子们来爬一次试试吧！"

　　我便告诉他：

　　"那些人，如有不听制止者，酌其情节，向我报告！"

　　我奉陪中宫回到禁苑，伺候到七日，便回家去了。

　　回宫期间也牵挂着雪山，却又无奈。不断地派遣宫里当差的、清扫工、女佣头等等跑去看，将正月初七撤下来的七草粥供品赏给看园子的，他叩谢不已。使女回来一说，全都大笑。

　　回家以后，天一亮便当做一件大事，派人去查看。大约十日那天，有的回来说："还有五、六尺高。"我正高兴，十三日夜间，却下起大雨。心想："这场雨必将毁了那座雪山吧！"十分遗憾。

　　"怎么就哪怕一天也等不得，就下起雨来呢！"我半夜也起来坐着叹息。听见的人笑我像个疯子。清早有人起来出去，我也起床，就那么坐着。想叫起一名女仆，她却一动不动。可恨！不由得怒火中烧。好歹她起来，叫她去看看雪山。她回来时，说：

"已经像个座垫似的了。看守人坚守岗位，管得很严，不许孩子们靠近。他说：'直到明、后天也还会存在的吧！给我赏吧？'"

我非常高兴。心想："快些到了明天，以最快的速度作一首歌，再用盛器装一些雪献给中宫。"我心急如焚，按捺不住。

翌晨，天色犹暗，我差人拿个大型木片饭盒耐心叮嘱：

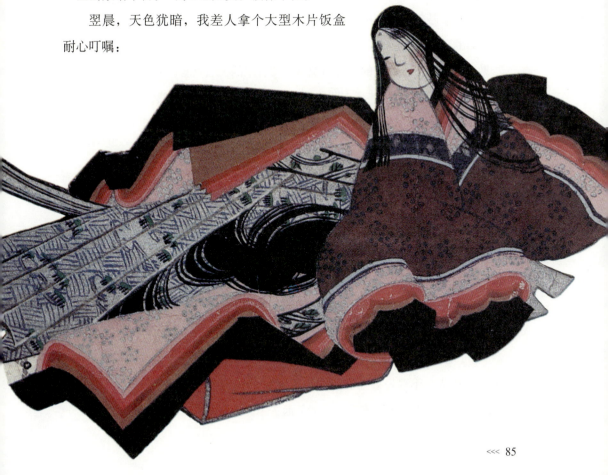

"用这个，装满洁白的雪拿回来；脏了的地方都刮掉。"

回来得好快。他拎着带去的空饭盒，说：

"雪山早已消融了。"

我感到非常意外。本来蛮有趣地作歌，期望人们传诵，正苦吟细作，但由于严酷的意外，已经没有吟唱的兴致，沮丧地说：

"到底这是怎么啦？昨天还有那么高呢，一夜之间竟然消亡了！"

使者说："看守人拍手打掌地讲：'雪山消失啦！领不到奖赏！'"

大家正吵吵嚷嚷，禁中女使来传中宫的话。

"雪山直到今天还原样保存着啊！"

败北感使我产生浓重的厌恶与惋惜。使者中的一名女官叫我这样写：

"尽管人们说：'恐怕连年末明年初都维持不到。'但是，竟然保持到昨日傍晚，我认为非常了不起！若说保持到今天，未免过分了。料想，说不定昨天夜里，有人怀恨在心，将它推倒铲除了呢。"我便照此写了回信。

到了二十日，我进宫时，也首先将这件事在中宫面前说了。我提起那个拎着饭盒折回的那位法师说："雪山早已消融了。"那副样子，虽属意外，但也很想在盒盖上用雪堆起一座可爱的小山，在白纸上漂漂亮亮地写一首歌呈上。

中宫觉得很好笑，驾前的人们也都笑了。中宫说：

"你那么痴心梦想的事，我却给你做了手脚。我一定要遭天报的了。不错，十四日傍晚是我派武士们去，叫他们将雪山推倒扔掉的呀！你在回信里算是猜中了。很有意思。

"那个老看守人出来，用力搓着手求情。卫士说：'这是中宫的吩咐，对那些从乡下来的人，不要告诉他们。谁若是告诉了，就砸了他的家。'于是，左近卫府的卫士便将白雪都扔到南边的土墙外面去了。

"据卫士们说：‘雪山高得很，雪量也多得很。’的确。真的能捱到二十日。没准儿，或许今冬的初雪还会落在上边哩！"

天皇也听说了，对殿上人说："好大一场争论哟！这是任何人也始料不及的。"

天皇又对我说：

"不过，谈谈你的歌吧！现在已经把事情的原委和盘托出，这就等于你获胜了。谈你的歌吧！"

中宫也这么说，女官们都这么说。可是，我说：

"听了那么难过的事，又怎么能吟得出来呢？"

我真的很忧伤，心里不痛快。

天皇走过来说：

"真的，几年来把你看做宫中受欢迎的人，可是现在觉得你很怪呀！"

我心里很苦，真想哭一通：

"啊，这是痛苦太多的世界啊！本来把后来积下的雪当成高兴的事，中宫却说：‘那是毫无意义的。将它除掉吧！’"

"大概中宫是无论如何不肯叫你成为赢家吧！"天皇说罢，笑了。

（第九一段）

无名琵琶

有人说："天皇拿一把无名琵琶驾到，女官们都在欣赏，还拨弄出响声了呢。"

我倒不是弹，而是用手指拨响丝弦，问中宫说：

"它的名字嘛，叫什么来的？"

中宫说："只是它还不配起个名，所以，连个名字还没有。"

话说得总是那么得体。

淑景舍的女御来此，与中宫谈话后顺便说：

"我手头有一个很不错的笙笛，是先父送给我的。"

隆原僧都 [藤原道隆之四子，中宫定子之弟] 说："把你的笙送给我吧！我还有一个绝妙的琴，咱们换着用吧！"

原子连听都不听，环顾左右而言他。

隆原一再催问，而原子依旧不说一句。

中宫说道：

"她心里想的是'不，不换'吧？"

话说得太风趣，妙极了。

> **◤ 无名琵琶**
>
> 　　清女拨响琵琶的丝弦，问中宫："它叫什么名字？"中宫说："它连名字还没有。"此乃"无名琵琶"之由来。她还用白居易诗"犹抱琵琶半遮面"来形容中宫抱琵琶现出前额的姿态之美。本图选自日本国宝《枕草子绘词》。

这笙名为"不换"，即使僧都也不得而知，因此，只顾抱怨。

那还是中宫在中宫职寓所时的事，知道天皇有一个叫"无名"的笙。

天皇的物件，不论是琴是笛，都有个不平凡的名字。如琵琶叫玄上、牧马、井手、渭桥、无名等。还有六根弦的大和琴，名之曰朽木、盐皂、具；还有水龙、小水龙、宇多法师、钉打、双叶，此外，这个那个的，听了好多，但都已忘记。依头中将的说法：

"此乃宜阳殿第一架。"

（第九七段）

半遮面

弘徽殿中宫室的锦帐帘外，天天有殿上人抚琴奏笛，游乐终日。散去时，还没有放下格子窗。

为了给帐内灯架上的油灯燃亮，要去人的，但从帘外会看得一清二楚。因此，中宫竖起琵琶，抱在怀里，穿着红色衣服，简直没有语言可以形容她的美。里面还穿着砧上捶打过、板上贴过的不少衣裳。她抱着并且用衣袖遮着很黑很亮的琵琶，那副姿势非常迷人。而且从侧面一晃，看见她的前额白得出众，其美确实无可比拟。我靠近身旁的一名女官，说：

"那位犹抱琵琶半遮面的女人，一定不会像中宫这么美吧！她不过是一名寻常女子而已吧？"

那位女官听罢，硬是从水泄不通处劈开人流，挤到里边，说给中宫听。中宫笑了，说：

"知我者清女耶？"

女官将这句话转达给我时，我心头十分快乐。

（第九八段）

懊悔的事

懊悔的事：

不论是给对方写的信还是给对方复信，写好寄去之后又想修改一两个字。

快缝急着要穿的衣服。缝好了，拔针一看，原来线脚没有锁扣，或者将里面缝得恰恰相反。

中宫皇后住在南院时，父亲大人住在西边的偏殿，中宫有时也去。女官们聚于寝殿坐着，因无所事事，颇感寂寥，便或嬉戏笑谑，或一同跑到渡廊〔殿与殿之间连接的曲廊〕去落座。忽然，传下令来：

"这些衣服，等着急用，全体集合，要争分夺秒地都给缝好。"

说着，将一块平纹绢料发下来。女官们都在寝殿的南面坐下，各自拿了半身衣服，互相竞争，看谁最先缝好。人人都不靠近些相对而坐。大家赶制衣服的样子，好像严重发疯了似的。

命妇乳母缝完了半片身量放下，接着又缝从脊缝到袖口那半片，但她忘了翻里作面，线脚也没有锁住，便慌慌张张地放下衣片便走。待到要将后背两片缝合时，才发现早就弄得满拧了。人们大笑。

懊悔的女官

　　贵人的衣服等着急用，女官们互相竞争看谁最先缝好。大家赶制衣服的样子，好像发疯了似的。本图选自日本国宝《叶月物语绘卷》。

"把这件重新另缝吧！"

命妇根本不听。她说：

"谁说缝错了要重缝？假如是有里有面有花纹的绢料，谁缝错了当然要重缝。可这是平纹的呀！拿什么做标志区别里和面呢？所以，不会有人重新缝制的。只好叫一直没动手的人去缝吧！"

"照此说来，难道可以就这样不改吗？"

于是，由源少纳言，新中纳言等人重新缝制。远看她们坐在那儿做针线的样子，很感动人的。

中宫皇后要连夜回宫。她说：

"要知道，最先缝好衣服的，就是最关怀我的人。"

把应该送到别处去的书信都错误地送到不可以给她看的人儿那里去，真令人十分懊恼。但是，送信的人并不道一声："的确，我错了。"反而顽固地抗辩，假如不是怕旁人看见不好，真想冲过去揍他一通。

栽了点颇具风韵的胡枝子和狗尾草观赏，可是，来抬长柜的人拽出尖锹之类，全都挖走了，真是莫可奈何，十分懊恼。倘若家里人多，他们也许不会做出这种事来。但是，家中人少，即使严厉制止，他们也一味地说："少挖一点儿，挖点就走！"气得你连话都不想说，悔恨极了。

国守府上的仆人到别人家，横不讲理，听口吻仿佛是说："竟敢把我当成了普通人？"那副神态，叫人连看他一眼都恶心。

本是不该叫他看的人，却将书信抢了去，跑到院子里去看，真叫人无法忍受。气愤得去追，他却知道女官不得走出帘子，便站在帘下读信，真想一步窜出去……

为了一点不值得的事，女人生气了，不肯和男人睡在一起，翻个身从被窝里钻出来。男人悄悄地拉她，她却十分固执。男人觉得她闹得太过分，心里忿忿地想："那么，你爱怎样就怎样吧！"拉过被来，独自睡了。

后来，女人觉得太冷，看样子只穿了一件单衣。但她一犟到底。这时，大抵已是万家酣眠之际。尽管如此，如果起来坐着，又有点反常。随着夜色深沉，懊悔也逐渐加深。她边睡边想："刚才不如干脆起床，跨出门外倒也好些。"

这时，只听屋里屋外都有响声。她悄悄往男人那边滚了过去，拉走被子盖好。这时才知道男人是在装睡，非常气人。可他还说："你最好还是一犟到底吧！"

（第一〇〇段）

寻杜鹃

五月斋戒时，中宫驾幸中宫职的后妃休息室，将小套间前面两根柱子之间特别布置了一下，比起平日，大为改观，很有意思。

从月初便淫雨连绵，一会儿阴，一会儿晴的。由于无聊，我说：

"真想出去转转，寻觅杜鹃的啼声。"

女官们听了，都争先恐后地报名，于是出发。

京都贺茂神社的后面有一座桥，叫做什么啦？起了个很怪的名字。不过，并非织女七夕渡过的鹊桥。有人说那儿天天有杜鹃在歌唱。但是，也有人说："那总像茅蜩在叫呀！"

"去看看！"就这样决定了。

五日清晨，中宫职的官员备好了牛车，让牛车通过北门的武官侍卫所，直接赶到中宫职后妃室外的台阶旁。据说，因为是五月梅雨天气，可以这样做的。

我们四个人坐着牛车前进。其余的女官羡慕极了，说：

"既然都为一件事，那就再添一辆车吧！"

然而中宫不听，说："不行！"装做薄情的样子上路了。

牛车

　　牛车不停地前进。那条路令人不由回忆起贺茂祭时的情景，很有意思。本图选自《春日权现验记绘卷》。

到了马场，很多人在吵嚷。问了一声：

"出了什么事？"

赶车人说："演练骑马射箭呐！请观赏一会儿吧！"

说着，停下车来："左近中将和众位大人都在座呐。"

话是那么说，可是，并未见到中将，只见六品官员疏落地走来走去；因此，车上人说：

"不想看，请快些跑吧！"

于是，牛车不停地前进。那条路令人不由地回忆起贺茂祭时的情景，很有意思。

这儿还有明顺朝臣〔中宫定子的舅父〕的家。中宫说：

"那就快到那儿去游览一番吧！"

于是，牛车靠近宅第，都下车了。

一派山村风光。房屋很简朴。有画着骏马的扇、竹席制成的屏风、三草茎编成的帘子等等，有意照搬古代风格。房屋的构造类似简易房，紧巴巴的，很窄小，

几乎谈不上进深有多少，倒也别致。

恰如有人所说："杜鹃鸟齐声噪得令人心烦。"中宫压根儿不听，我心想："可怜那些紧跟在后面追赶想来听杜鹃的人，他们想听还听不到。"

主人说："乡下就要有乡下的特色，就请看看这类东西吧！"

主人拿出很多稻子，又带来几名外表打扮得干净利落的年轻女仆和邻近农家的姑娘、妇女大约五六名，叫她们打稻。还有从未见过的轳辘辘转动的东西，由两个人唱着歌拉着走，大家惊奇得大笑。那当儿，为听杜鹃而作歌等事，一定早已忘得精光了吧！

主人用正规的餐桌献上食品；然而，没有人看它一眼。主人明顺说：

"实在怠慢了。这都是些乡下饭菜。不过，来到这里的人，没准儿，还催着要点这里的新鲜食品哩！而你们却压根儿对这些食品不动筷，看来，你们和那些人不同哟！"

他还以明亮的语声在餐桌前周旋：

"这份嫩蕨菜是我亲自采来的。"

"怎样才能使各位像女官那样在餐桌前并排落座呢？"

"那么，就从杯盘中取出饭菜来吧！因为你们都已经习惯于低着头用餐嘛！"

说着，从盘中取出食品让大家吃。

正吵吵嚷嚷，一名陪同的男子进来说：

"肯定要下雨！"

大家急忙上车。这时我说：

"那首杜鹃之歌，现在才是吟咏的恰好时机呢。"

人们说："好是好，不过，正在半路上……"

一路上水晶花盛开，你也摘，我也采。车帘上和两边车厢都插满了长长的花枝，

宛如一面面的水晶花篱笆墙挂在牛身上。陪同的男人们也都使出很大的力气往车上插，连搭车棚的网绳都捅破些口子，"这儿，再插！"想尽办法插了个满满登登。本来希望一路上会遇见个像点样的人物，却只是偶尔碰上个穷和尚或是身份很低、微不足道的人，非常遗憾。

已经距宫禁不远了。我说：

"不管怎样，此行怎么可以就此结束？哪怕只有花车的模样成为人们的话题呢。"

于是，牛车停在一条大人府上的门前，差人前去传话。

"侍从大人在家吗？我们是去听杜鹃刚刚回来的。"

使者回话："侍从大人说：'立刻就来，请稍候！'大人刚才在武士侍卫所休息，现在正在扎指贯裤的裤脚哩。"

大家觉得不值得等候，便赶走了牛车，向土御门［进皇宫内殿的最后一道门］方向驰去。

侍从不知什么时候已经穿好衣服，一路上边跑边扎衣带，追上来时喘得连话都说不出来。

"请稍候，稍……"

而武士与杂役似乎没有穿鞋便跑了出来。

我喊道："赶车快跑！"

于是，牛车跑得更快。跑到土御门时，牛车嘎吱一声，像跳起来了似的。首先不顾别的，暂且对牛车的样子大笑起来。

侍从笑道："简直像梦中仙人们坐在车上。"

说得车上的陪同的人们也都笑了。侍从问：

"歌儿作得怎样？念给我听！"

我说："请允许我立刻拿给中宫看看，然后再……"

说话中间，真的下起雨了。侍从说：

"这土御门为何与其他的门不同？尤其一开始盖时，就连屋顶都没有做。赶上今天这样下雨天，连避雨都不可能，真可恨！"

他还说："怎么回去呢？来的时候一心怕追赶不上，也顾不上背着点别人的眼目，只是一味地朝前跑。假如去更远的地方，那就更败兴了。"

我说："那么，请吧，进宫！"

"可我只戴个乌帽子，怎么可以？"

"那就派人去取来你的正装。"

说话工夫，雨下得更大了。陪从中没带雨伞的男子一股作气，将牛车推进院里。

从一条府拿来了雨伞，侍从叫别人为他撑起伞，不停地回头望着这边。他与赶来时不同，现在则显得慢腾腾、懒洋洋的，只是手拿水晶花归去，怪惹人好笑哩。

拜见中宫时，问起今日出游的情况。临行前因未能同行而有怨气的女官们，又是讥讽，又是牢骚；但是，一说到藤侍从［藤原公信］在一条大路上奔跑的那番话，又全都笑了。

"那首歌呢？"中宫问道。

"暂且不提，行吗？"

我把经过如此这般的一一细说，中宫道：

"太遗憾。殿上人会问的。怎么可以没有使他们感兴趣的歌，便就此罢休呢？莫如在听了杜鹃啼唱的地方信口吟它一首就好了。过分地拘泥于格律，反而扫兴，真怪。那就在这儿吟一首吧！没办法。"

我想，的确如此。只是觉得非常地筋疲力尽。

正在商量这歌怎么作才好，藤侍从在刚才带走的一枝水晶花上挂着一页水晶花色的薄纸，上写一首歌：

假如早知情，

为听子规一声啼，

趋车访幽鸣，

我必呈上一颗心，

寻寻觅觅伴君行。

信使大约等候拿到返歌才走，因此，叫人到女官室去取砚台。中宫却说：
"就用这个吧，快写！"她在砚台盖上放了纸笔送来。

"宰相君，你写吧！"

"不，还是你来挥毫吧！"

这时，天空阴得漆黑，下起雨来，雷声大作，吓得忘却了一切，只顾去放下窗子。

中宫职的后妃室放下雨窗，又放下子窗，慌乱之中，写返歌之事早已忘到九霄云外。

雷雨疯狂地呼啸多时，夜幕降临，天色暗了。中宫还叫立刻写封回信，正在动手写返歌时，各方大人和公卿们为雷鸣事前来问候，只得到西厢房去接待贵宾。于是，作歌的事又混过去了。

其他女官认为信是指名写来的，就由被指名的人处理吧，于是，不再过问。

我怏怏不快，心想："大概今天是个与作歌无缘的日子吧！"便笑着说：

"今天外出寻杜鹃的样子，决不告诉别人！"

中宫不悦，说："即使现在，一同出发的人们怎么会作不出歌来呢？恐怕你是下了决心，决不作歌的吧？"

话说得多么有趣。

我说："而现在时机已去，没有兴致了。"

"这怎么可以是没有兴致的事呢？"

不管中宫怎么说，作歌一事，终于不了了之。

其二　歌会

两天之后，提起那天"闻杜鹃"
的事，宰相女官说：

"怎么样？明顺朝臣亲手采摘的嫩
蕨菜，味道如何？"

中宫听了，笑道：

记忆中的事，原来只是这个呀！"

她边说边在散落身边的纸片上
写道：

> 嫩蕨菜，味道鲜，
>
> 最是怀念在心间。

然后中宫说："谁来写上句？"

这也蛮有意思。我写道：

> 寻杜鹃，闻杜鹃，
>
> 胜似杜鹃歌万千。

拿给中宫一看，她笑着说：

"说得多么肆无忌惮！竟然比拟到这般地步！为什么扯到杜鹃身上了？"

我很严肃地说：

"我本已决心今后任何歌也不再作。到时候别人一作歌，假如娘娘叫我也作，我便觉得再也不能在娘娘身边侍候了。话虽这么说，我倒不是不知道一首要用多少字，也总不至于春日吟冬天的歌；秋天吟春天的歌；梅花时节却吟起菊花的吧！但是，作为被称颂为优秀歌人的子孙后代，总希望作歌要比别人好些吧？希望让人们夸几句：'这一时期的歌，只有这一首最好。不管怎么说，毕竟是某某的后代嘛！'如此，作歌才有劲头的吧！然而，我却没有任何与众不同之处，却自以为惟有我才吟得出，我作的歌最像样，因而得意洋洋地总要率先吟成。这对于地下亡灵来说，是很可悲的。"

中宫笑着说：

"既然如此，那就随你的便吧！我不会再叫你作歌的。"

"那我就非常开心了。今后可以不再把作歌的事挂在心上了。"

谈话之间，中宫要去"庚申守夜"。内大臣费心做好了准备。

夜深了。内大臣出题，叫女官们按题作歌。女官们无不激情地苦吟练句，而我却在中宫身旁闲谈，只顾陪着说话。内大臣看见了，说：

"为何不作歌？却远离开坐着。拿题！"

"因为中宫吩咐道：'你没有必要作歌吧！'从此，我自然不再作歌，所以，作歌一事，没放在心上。"

"这就怪了。真的有这么一档子事吗？岂能允许？太荒唐！啊，好吧！其他时间我不管，今夜要作歌！"

然而，我根本听不进去，依然在中宫身旁侍坐。其他女官已经作完歌交卷，在评论哪一首好呀坏呀的。这时，中宫在一个纸条上写了短笺给我。打开一看，写的是：

你是号称歌人元辅的女儿，
今宵的歌会为何将身儿隐藏？
却原来，静悄悄，
坐在我身旁。

说得有趣儿，无可比拟。我不禁大笑。内大臣一再地问："什么？什么？"
我作歌回答：

假如不是元辅女，
倘若先人不闻名，
今宵歌会兮，
我必先吟成。

我说：
"假如不是出于对先人的谦恭，纵然千首，也会主动吟咏的！"

（第一〇四段）

淑景舍

当淑景舍以东宫女御的身份进宫时，万事无不进行得一顺百顺。她自正月十日入宫以来，虽然与中宫频繁通信，但还未曾晤面。二月十日，有消息说淑景舍将造访中宫。于是，中宫方面特殊下功夫，要精益求精，把房间装饰得比平常更漂亮。女官们也都紧张地作好了精神准备。

是夜半到达的。没多大工夫天就亮了。登华殿东厢房的一个单间，为了迎接贵宾，都已装饰完毕。

第二天，早早就卷起格子窗帘。天亮前还黑糊糊的，关白大人携夫人坐一辆车来到。中宫在房间的南端，面北立起一张屏风，将房间自西到东隔开。又放好草席，上面铺好床单、座垫等等，安放好火盆。屏风的南面和帐台之前，有很多女官在伺候。

这里正伺候中宫梳头，中宫问我：

"你见过淑景舍吗？"

我说："怎么会见得到呢？积善寺供养那天，只一闪的工夫，见了个背影。"

中宫说："你就倚靠在柱子与屏风之间，从我身后看吧！是非常可爱的小姐哟！"

▨ 后宫生活一角

　　光彩照人的定子（右）与道隆、淑景舍，在登华殿东厢一室里，中间安放火盆，一侧挂上垂帘，帘外廊上的两个侍女，用桧扇掩面走了过来。本图选自日本国宝《枕草子绘卷》。

我高兴得更加盼望见到。心里着急："怎么还不到见面的时候。"

中宫穿上凹纹和凸纹交织的红梅衣，又配上三层红色的砧捶衣裳。她说："红梅衣配上砧捶的衣服才好看。不过现在肯定是不穿红梅衣才好吧！但是，我不喜欢淡黄。淡黄与红色不配。"

然而，眼前的中宫，看着真美。身上的衣服和脸上的艳艳光彩交互辉映。料想即将光临的那位是这样的美女吧！真想快些见到她。

中宫随后膝行到自己的座位，我便稳身不动地紧紧倚着屏风眺望。有的女官特意让中宫听得见地高声说：

"不好吧？那种做法，会叫别人指着后背耻笑的呀！"

惹得一时人声嘈杂，也很有趣。

扇门大开着，能够看得真真切切。

只见关白夫人穿的是几件白色上衣，下身是两层红色砧捶的衣服，仿佛是女官穿的下裳吧？紧靠里边，面朝东坐着，因此，只能看见服装。

淑景舍稍微靠北一些坐着，面朝南。穿了深、浅红梅内衣好多层，外加浓红绫子单衫好多层；还有苏枋色纺织品的衬袍，加上淡绿色凹纹、使人显得年轻的外罩。她手拿团扇遮着脸、凝神不动的样子非常美。真的，那副神态确实显得又端丽，又可爱。

关白大人身穿淡紫色纺织品的直衣、嫩绿色的指贯裤；里面是红色的内衣，穿了好几层；直衣领子的扣扣得整整齐齐，背靠着厢房的柱子，面向这边坐着。他笑眯眯地瞧着中宫和淑景舍女御漂亮的风采，一如往常，说起各种笑谈。淑景舍好像画里的美女，神色迷人地坐着；而中宫则非常稳重，好像长大成熟些似的。她那神色与红衣衫相映成趣，那副模样，显得十分优雅，哪里会有人与之媲美呢？

早晨，来人给送洗脸水。那位淑景舍，有童女二人、杂役女官四人，是通过宣耀殿、贞观殿送来的。从唐式渡廊到这边的登华殿，共有六名女官伺候。但因渡廊太窄，只留半数的人给淑景舍送水，余者都已散去。

童女穿的白面紫里樱花色绢丝汗衫，加上淡黄、红梅等色的下裳，非常俊俏。汗衫的衣襟在身后拖得很长，从女官手里接过洗脸水，再呈上淑景舍，动作十分优美。

几件绢织唐装的衣袖从帘下露了出来。右马头相尹的女儿少将君、北野三位官的女儿宰相君等女官都在近处。

我心里正想："啊，太美了！"但见中宫这边值班送水的是进膳宫女，穿着上淡下浓的青色下裳；上身是唐式正装女官服、腰带、披肩；脸儿擦得雪白，将杂务女官传来的洗脸水呈上时的表情，显得十分庄重，很像唐代礼仪，别有风趣。

早餐时分，理发女官来到。配膳的女藏人像女仆那样将乌发稍微挽高些再运膳，并将作间隔用的屏风撤掉，因此，在那里偷着瞧看的我，仿佛一下子被拿走了隐身［日本民间传说鬼怪身披隐身便不被看见］，觉得遗憾和难过，便又从帘子与帷帐之间的柱子下端望。这又将我的衣襟和下裳、唐衣等暴露在帘外。关白大人从另一方向已经发现，便责问道：

"是谁？在烟霞中观望呀！"

中宫禀报说："是少纳言。由于好奇，所以在那儿瞧看呢。"

"啊，惭愧呀！那一位可是老相识哟。糟糕！她一定是在看我有几个多么丑陋的女儿呀！"关白大人说着笑话，却是满面春风的哩。

淑景舍那边也在进膳。

"真馋人呐！那边早餐饭菜已经上完；这边也快些吃吧！哪怕剩饭剩菜，赏

给这老头子、老太婆吧！"关白大人乐得一整天净开玩笑。

那当儿，大纳言和三位中将带着松君前来拜会。关白大人仿佛盼望已久，抱起松君，让他坐在双膝。松君的小模样太可爱。

狭窄的走廊，无数正装官服的长长内袍底襟，在地面上散乱地拖来拖去。大纳言的风度十分庄重而磊落；中将则精明而老练，两位看去都很出众。关白大人不须说了；夫人也是命里该然，今世福星高照。关白大人叫人拿坐垫来，但是大纳言说："要到衙门去！"立刻走了。

不多时，那位叫做式部丞某某的官员，以天皇御使的名义光临。在膳厅北面的房间呈上坐垫，让他落座。中宫今天很快就写好了回信。

还不等收起式部丞的坐垫，东宫派来见淑景舍的敕使藤原周赖少将又到场。那边的渡廊太狭窄，便在这边走廊放好坐垫，打开书信，关白及夫人、中宫都看了。

关白大人催促：

"快写回信！"

然而，淑景舍迟迟不写回信。关白大人说：

"是因为我在场看着，你才不肯写回信的吧？否则，你就会一封接一封，不断地主动去信！"

淑景舍脸上飞起一朵红晕，微微一笑，太美了。老夫人也催她"快写"，她便面朝里面开始写信。因为老夫人凑到身旁，帮她一同写信，她似乎越来越害羞。

中宫从帘下推出嫩绿色纺织的小褂和下裳，做为赏品送给敕使，由三位中将藤原隆家给敕使披在肩上，周赖少将好像不堪重负的样子走了。

松君说话很逗人，都很喜欢他。

关白大人说：

"即使说松君是中宫的儿子，带到众人面前，也毫无逊色吧？"

我心里为之焦虑："为什么中宫至今还没有喜呢？"

下午二时许，呼喊"铺筵道"［迎接贵人，铺上竹席，以备贵人下车后步行］

片刻，天皇衣服发出声，圣驾已到。中宫娘娘也过来，二人直接进了寝室。

女官们衣裳沙沙作响，退到南厢房去了。走廊和马道聚集了很多殿上人。关白大人叫来中宫职的官员，吩咐他们拿些果品和馔肴，说：

"叫大家一醉方休！"

果然全都醉了。他们和南厢房的女官们交谈时，双方都很开心。

日落时分，天皇起床，叫来山井大纳言给他换上衣服，便回宫了。关白大人、伊周大纳言、山井大纳言、藏人头等护送。

天皇派马典侍作为敕使传来御旨，命中宫今夜去清凉殿伴君。

"今夜无论如何不能……"中宫迟疑不定。关白大人听了，说："那是很不好的。

快去登殿！”

还有东宫的御使也不断地赶来。其间，非常的嘈杂。

来迎接的，有天皇的御使、东宫的御使，都在劝说："快些吧！"中宫对关白大人说：

"那么，先叫淑景舍回那边去，然后我再……"

但是，淑景舍说："怎么可以我先走呢？"

中宫说："还是送你走吧！"

这些场面与情景，都非常有趣和动人。

关白大人说："那么，就请路远的先走吧！"

于是，淑景舍先动身回驾。关白大人护送后又回到中宫这儿来，中宫才登殿去了。

关白大人在护送途中说的那逗人的笑谈，使女官们高声大笑，险些从板桥上失足落水。

（第一○八段）

关

关，有逢坂关、须磨关、白川关、衣关、河口关、忌惮关、直越关、铃鹿关、横走关、清见关、花之关，只有这个名字是其他关名不可比拟的。清见关、见目关、止止关，这个关名真想知道将要改成些什么名字才好，是想改成"勿来关"吗？假如逢坂关是指着男女相会，若重新考虑，那就没意思了。

还有足柄关。

（第一一四段）

难得画好

难得画好的有：石竹，樱花，棣棠花；小说里说是漂亮的男女容貌。

（第一一九段）

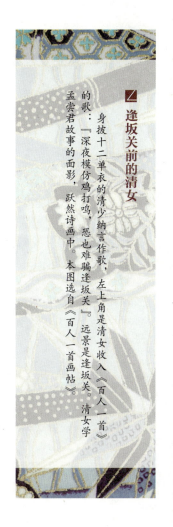

逢坂关前的清女

身披十二单衣的清少纳言作歌，左上角是清女收入《百人一首》的歌："深夜模仿鸡打鸣，恐也难骗逢坂关"。远景是逢坂关。清女学孟尝君故事的面影，跃然诗画中。本图选自《百人一首画帖》。

图胜于物

图画胜于实物的有：松树、秋野、山乡、山路、鹤、鹿。

（第一二〇段）

◤ 赛画

　　贵人对绘画很感兴趣，常常在宫中举办赛画，分左右两组，决赛优劣。清女说：有的实物难得画好，有的画胜于实物。本图选自《源氏物语屏风图》。

正月里住寺庙

正月里去寺庙修行，天气特别冷，总下雪，寒风刺骨，那才有意思。假如天气像要下雨的样子，那就太没趣儿了。

去初濑拜佛，趁安排房间的工夫，将牛车赶到栈桥旁站住，但见年轻和尚们不穿法衣，只扎衣带，穿高齿木屐，无拘无束地在栈桥上来下去，口里念着顺嘴溜出的经文片断，拖着长音吟唱几句《俱舍颂》，转来转去，这情景与场地很相称，饶有风趣。

我登上栈桥时，总觉得非常危险，便靠边抓住高高的栏杆迈步。而那些年轻的和尚宛如走在地板上似的，有意思。

和尚说："修行的屋子准备好了。"便拿来几双便鞋，让我们下车。

这里有的人把衣襟撩起来；也有的人将正装穿得道貌岸然，脚下穿着皮底高筒长靴，或半腰浅底木屐式的鞋，在长廊里趿拉趿拉地走向佛堂，给人的感觉好像在宫廷一样，也很有趣。

那些被允许里里外外自由出入的年轻男子以及亲友的子女络绎不绝。边走边告诉女主人："这里好像变得低了，那儿高了……"

不知何许人也，忽而靠近女主人前进，忽而抢先走出几步，随从便制止他：

"有高贵人物在此，不该靠得这么近。"

有的听从，说声"当然"，便后退几步，放慢行速；也有的并不理睬，径自前进，说什么：

"我比任何人都更急于快到佛前！"

即使走进修行的房间，因为两边都有人排队坐在那里，要从这些人面前通过，会感到非常别扭。尽管如此，一下子窥见板里的佛像，立刻肃然起敬，心想："怎么会几个月之间都不曾来参拜呢？"首先是信心自然而然地升起。

佛前的神灯并非长明灯，是另有参拜人奉献给大殿的，烛火燃烧得异常明亮。看那佛像金光闪闪，令人无限景仰。

法师们个个手捧拜佛人的祈祷书向法座走去，宣读誓言。佛堂中充满了极其

◥ 寺庙

正月里去寺庙修行者。络绎不绝，有些人趿拉趿拉地走向佛堂，也很有趣。本图选自《石山寺缘起绘卷》。

高亢的祈祷声，因而不可能一一听清每一份誓言都是哪一位信徒的。不过还好，法师们硬是从喉咙中挤出来的高音总算不与杂音同流合污，断续听到：

"谨为某某祈求之愿，立下奉献千灯之志。"

我将下裳的背带挂在肩上，参拜主佛。有法师立刻说："贫僧在此侍候！"他折了一枝佛前草送来，那副肃穆的神情，也很动人。

有法师从墙处走来问道：

"您的心愿已经充分地向神佛倾诉了。请问您预定住寺修练几天？"又说："现在已经有某某先生住在寺里。"

祈祷安产

身份高贵的男子也叩首礼拜，保佑她平安生产，充满了紧张的氛围。安田靫彦绘。

他说完便走，立刻又回来，借给火盆，拿来水果。带来的东西还有半嘴壶，壶里装了洗手水；没有把手的洗手盆，等等。

"陪同的各位，请到那边的客栈去休息吧！"法师言罢，不断地呼喊名字，陪同的客人逐次到客栈去了。

听着诵经时敲响的钟声，认为"那大约是为我而祈祷吧"。心里觉得非常踏实。

邻室住着的那位身份很高的男子，十分静悄地叩首礼拜。听他那坐立不安的动作，好像很有心事。他大概有什么事太想不开，竟夜不安寝，只顾拜佛，令人深受感动。

拜佛完毕，休息期间，则尽量压低诵经声不被人听见，这也令人敬佩。真盼望他高声诵经吧！何况他连擤鼻涕也不肯声音太大，以免引起他人的不快；因此，只是轻轻地、悄悄地擤着。他到底是为什么事祈祷？真盼望他能够遂其心愿。

从前，来寺里住上几天之后，白天稍感悠闲。一天，作伴的男人和孩子们都到法师的宿舍去了。我寂寞无聊，忽听近在咫尺，突然吹起高亢的螺号声，不禁大吃一惊。原来是一名男子，叫陪同的人拿着漂亮的立封书笺，放下为诵经而布施的供品。他呼喊佛堂僮仆的声音，如同深山的八方回响，听起来甚至觉得亮丽生辉。

诵经的钟声敲得更响了。心想："这可是为哪方人士祈祷的呢？"忽听法师念出一个高贵的香主名字，保佑她"平安生产"。

我心里也十分挂牵。不由得思虑起那人的生产安危究竟如何？几乎想去为她祈祷。

这种情况，不过是平常小事罢了。但是，在正月里，却异常喧闹。眼看着一些为了某种俗望而向神佛许愿的人络绎不绝地前来参拜，那期间，佛事活动也就难于完成了。

黄昏时候前来拜佛的人，大约是住寺修行的人吧！小和尚们将不大可能搬得动的高大屏风非常利落地前后移动，将坑席噗通一声放好，看吧！眼前立刻出现一个隐居修行者的房间。然后在隔墙上哗啦啦地挂上帘子。那间壁房间的程序，啊，做得非常地熟练，显得那么轻松愉快。

忽听衣衫，很多人走出房间。其中一位似乎年长的妇人，仪态非凡，却对周围有所顾忌的样子（也是将要归去的人吧），说：

"那间屋子里危险呀！请注意防火！"

一位七、八岁的小男孩，发出可爱却又摆大架子的童声呼喊男仆们，仿佛吩咐什么事，那情景也很有趣。

一位三岁上下的婴儿，睡迷糊了，梦中惊吓，咳嗽起来，那声音也很动听。婴儿叫着乳母的名字和"妈妈"，让我联想："他的妈妈是哪一位呢？"很想知道。

法师们彻夜拜佛，人声嘈杂，直到天明。

下半夜本来佛事已毕，稍微眯了一会儿，耳边却又传来极其粗糙的声音高声大诵与该寺主佛有关的经文。此番诵经，并不高雅，大约是住寺修行的法师们吟诵的吧！我不禁忽地睁开两眼，不无感慨地听那诵经声。

还有，每到夜里，一位似乎有相当地位却看不清脸面的先生拜佛修行。穿的是蓝灰色絮棉的指贯裤和好多层白衫。那个瞧着很年轻的男孩，大约是他的儿子，穿着十分漂亮，带领一些少年，许多仆人拥簇着左右侍候，令人感到很阔气。不过，并不是像样的佛堂，无非摆个屏风聊做佛事罢了。

那个不识容颜的人到底是谁呢？我很想认识。认识后就会想起："啊，原来是他呀！"这很有趣。

年轻男子动辄到女人房间一带走来走去，对佛像看也不看一眼，却叫出"别当"[总管寺庙事务的僧官]，小声嘀咕，然后边谈边走。看样子，还不像不三不四的人。

二月末、三月初，樱花盛开时节进山住寺修行也怪有趣的。漂亮的年轻男子，仿佛微服远游的两三位官员，穿着白面红里的樱花便服或白面青里的柳色便服，穿得很美，高高挽起的指贯裤，看来风姿也颇为自然，与这套打扮很相称。他叫随从们挟着装饰得很漂亮的饭袋；小厮们穿着茶色或嫩绿色的便服和各种色彩、印着乱花、带褶的裤子。折来樱花叫他们拿着；带领一些类似卫兵的瘦高个子，在佛堂前敲起金鼓，那情景好不热闹。

和我同室修行的人有的见了，"没错，就是他！"然而，本人怎么会知道这里有人认识他？走过去以后，室内的人觉得很遗憾，便说："真想让他看见我在这儿的样子！"这些话也蛮有意思。

就这样隐居寺庙。在这平日不去任何他处的地方，只带了仆人，也就觉得没兴趣出门。倒是盼望邀来一两位，不，许多位同样身份、性情相投、能够共同谈些趣闻的人。前边提到的自己的佣人当中，本也有可以做个谈话伙伴，并且不会叫我失望的人。然则，所谓"没兴趣出门"，一定是因为平日见惯了的缘故。那些年轻的男子大概也一定是这么想的吧！他们正特意转来转去呼唤和寻求同行的伙伴哩。

（第一二四段）

不成体统的事

不成体统的事：

已经退潮的沙滩上搁浅的大船。

头发很短的女人，当她摘掉假发梳头时。

大树被风刮倒，树根朝上，横躺在地上。

摔跤失败的相扑人退场时的背影。

一个没什么本事的人在怒斥仆人。

一位老头不戴乌帽子，露出发髻。

为人妻者胡乱地燃起炉火，到别处藏身。尽管女方心想："我丈夫一定会惊慌失措的吧？"然而，她丈夫并非如此。对于女方采取了极其恶劣的态度。女方不可能就这样无限期地躲在别处，倒是自动地顾不得脸皮露面了。

舞狮子狗或舞狮的人，心情高兴，随着节奏跑出来蹦蹦跳跳的声音。

以上全都不成体统。

（第一二九段）

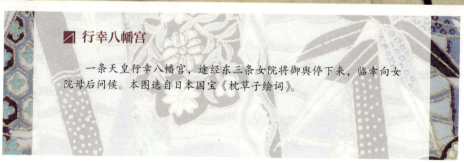

行幸八幡宫

　　一条天皇行幸八幡宫，途经东三条女院将御舆停下来，临幸向女院母后问候。本图选自日本国宝《枕草子绘词》。

尴尬的事

尴尬的事：

喊的是别人，却以为是喊了自己，因而出场的人。何况取什么东西，那就更加尴尬。

无意中说了别人的闲话，还诽谤了几句，竟被小孩听见，在对方面前给抖了出来。

听别人讲伤心事，边讲边哭。虽然听着也感到的确太可悲，可就是不及时哗哗地落下泪来，非常尴尬。尽管做出哭相和难过的神色，但是，全不奏效。或者，听到可喜可贺的事情时，竟然莫名其妙地泪如泉涌，真是难为情。

一条天皇行幸石清水八幡宫，归途中将葱花辇〔帝后所乘车轿因轿顶有葱花似装饰，故名〕停在太后女院前的临时看台的对面，然后登门问候，真令人敬佩。像天皇那么至高至尊的身份，却对母后表达敬意，其可敬可贵，举世无双，确实被感动得珠泪盈盈，以至洗掉脸上的脂粉，完全露出了本来面色，多么惨不忍睹啊！

齐信宰相以宣旨御使的身份登上女院临时看台的光景，映在眼里，异常地美。他只带四名随从，着装很漂亮。还有一名马，长得苗条，衣服穿得也很合身。他

帘前宣旨

伺候女院的左中将在帘前的廊道上宣旨：天皇临幸。清女料想女院母后的心情一定很激动，自己也感动得长时间流泪。本图选自日本国宝《枕草子绘词》。

们在宽阔、干净、美观的二条土路上策马飞驰，来到女院侧面的帘下等候。

　女院的大管家传达了天皇的口信。得到答复之后，又策马归来。他在天皇御辇旁启奏的那副神色之美，简直是难描难画。然后，就会眼看着天皇走过来。料想女院母后的心情一定很激动，连我都觉得要跳起来了。对于这件事，一提起来，

◢ 行幸队伍在的左右大将

　　护卫一条天皇的左右大将，策马飞驰也来到了东三条女院门前。本图选自日本国宝《枕草子绘词》。

我总是感动得长时间流泪，惹得别人见笑。就拿寻常人来说吧，儿子出息了，也是一世的福气。所以，仅仅推测一下母后心中的喜悦，便感动得涕零不已了。

（第一三一段）

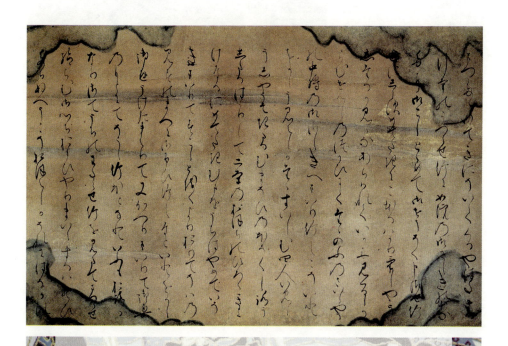

八幡行幸词书

　　"八幡行幸"绘卷部分，在上图"帘前宣旨"之后，以此词书结束。本图选自日本国宝《枕草子绘词》。

关白大人

关白大人说他要从黑门出去，女官们便在长廊里站得水泄不通，等候欢送。

关白大人边将人流劈出一道缝挤了出去，边说：

"啊，漂亮的女官们哟！你们一定在笑我这老头子多么糊涂吧？"

女官们亮出色彩纷呈的袖口卷起门帘；权大纳言拿来鞋，给关白大人穿上。大纳言神色庄重，容颜俊秀，仪表堂堂；拖着长长的下裳衣襟站在那儿，甚至把四周显得过于狭窄。

我首先感到的是："啊，真棒，关白大人竟然叫大纳言这样的高官给他拿鞋！"

7 贵人与女官

就像紫式部奉仕藤原道长之女、中宫彰子时，常常这样与道长一起吟诗作歌一样，清少纳言侍候藤原道隆之女、中宫定子时，也常常出现与道隆如此在一起的场面。本图选自日本国宝《紫式部日记绘卷》。

山井大纳言、诸多弟兄以及其他人们，都穿着黑色服装从藤壶墙下到登华殿前，列队依次跪坐，宛如撒下一片黑色。而关白大人以非常苗条的身材、优雅的姿态站在那里，不断调整佩刀的位置。

这时，中宫大夫来到清凉殿前。本以为他不必行跪拜之礼，然而，关白大人刚刚上前几步，那位大夫竟忽地跪下。可见关白大人毕竟前世积德太多。仰望大人，感到福气冲天。

女官中纳言君说，今日是他亲人的忌辰，因而神色异常地吃斋念佛。关白大人说：

"请把念珠借给我用用吧！一会儿就还。我想修行一回，来世有个美妙的人生！因此暂借。"

女官们也都聚到这儿，笑了一阵子，好不热闹。

中宫听了，说："倘若成佛，可就胜于做关白大人了。"她边说边笑着走来，此刻的神采依然美极了。

我把中宫大夫跪拜的事又重说了一遍，中宫笑道："一向是你欣赏的崇拜偶像嘛！"

假如中宫能亲眼看见中宫大夫后来荣华富贵的神气，一定会认为我这时说的话不无道理吧！

（第一三二段）

无耳草

正月初七用的鲜草嫩芽，原是正月初六人们吵吵嚷嚷采来的。

当时，孩童们拿来从未见过的无名草，便问孩子们："这草叫什么名？"

孩子们一时答不出，"啧？……"他们你瞧瞧我，我瞧瞧你。

有人说："这叫无耳草。"

"正是，看它一副装聋的样子。"

大家正笑着，又拿来了菊花嫩芽。于是，我作了一首歌：

    摘呀真不少，

    再多也是无耳草，

    佯作浑不觉，

    草里既有耳聪菊，

    人里知音不难找。

本想吟唱，但是，孩子们似乎不大可能听得懂。

（第一三四段）

约来秋月

为祭奠已故关白大人，每月十日，中宫都要在府上拜佛、写经，或刻绘佛像。而九月十日，又特在中宫职的后妃室举行佛事，到场的公卿显贵甚多。

讲师是清范，所讲内容十分悲切，扣人心弦；尤其对人生无常的凄惨尚且感受不深的年轻女官们，似乎也都落泪了。

佛事完毕，开始饮酒赋诗时，头中将齐信高声朗诵，歌作得很美。

约来秋月明如故，

试问赏月人，

尔今身影在何处？

祭奠关白

关白道隆祭奠，中宫定子府上在举行佛事。佛事完毕，公卿显贵饮酒赋诗。女官深感人生无常的凄惨，也都落泪了。本图选自日本国宝《枕草子绘卷》。

头中将怎么就还能记得住？

我在中宫那里劈开人流见她时，她起身走了出来。

"太好了。这可完全是为了今日忌辰作的呀！"

我说："他为了吟成这首歌，连参观都中途告辍，便前来赴会。这就更是难能可贵。"

中宫说："何况，是你作了如是感叹呢。"

头中将特意叫我出去，又在时而晤面处对我说：

"为什么不认真地与我亲密相处？尽管如此，我也知道你并无厌恶我的意思，可这就太奇怪了。那么多年的老相识，是不可能这样生分地结束的。假如我今后有不在殿上度过晨昏之日，究竟有什么你我间的往事值得回忆？"

"不须多说，要发生那种关系并不难。但是其后，我就不可能赞美你了吧！这很遗憾。即使在天皇面前，我们女官由于职务的关系，才能聚集在一起，大家称赞你。但是，怎么可以发生那种关系呢？还是请在内心里喜欢我便是。否则，我会羞得无地自容。良心有愧，赞美之词，也就难于出口了。"

头中将笑着说："为什么？正因为是夫妻关系，在别人眼里岂能只有赞美？而且，赞美者更要很多呢。"

我说："那种事，如不嫌弃我，也是可以的……不论男女，如果偏爱至近的人，一旦有人对自己心爱的人指出一丝一毫缺点便生气，我总觉得这是我受不住的。"

"这可是托词呀！说明人是靠不住的。"

他讲得很幽默。

（第一三八段）

于心安矣

关白道隆逝后，清女回归故里，渡过一段闷闷不乐的日子，又回到了中宫定子身边，受到定子的体贴关怀，于心安矣。本图选自《荣华物语绘卷》。

岂容闯关

　　头弁藤原行成到中宫职的后妃室来与我谈话，不知不觉夜已深沉。

　　"明日乃主上避忌之日，必齐集于殿上。我如丑时再走，就不大好吧！"说罢，他进宫去了。

　　翌朝，他用藏人所在纸屋院造的一叠粗纸上写道：

　　"离别之晨实深留恋。本想彻夜叙旧，直到天明。怎奈鸡鸣声声，催人离去。"

　　字迹非常漂亮，写了很多与事实不符的方方面面，写得太美了。我回信说：

　　"所谓夜半鸡鸣声，莫非孟尝君之所为耶？"

　　行成看了，即席复笺，言及典故来源曰：

　　"孟尝君之鸡，叫开函谷关，使三千食客，总算逃命矣。然而此鸡，乃逢坂关之鸡也。"

　　我（以歌代笺），回答道：

　　　　函谷关前夜沉沉。
　　　　膺鸡忽报晓，
　　　　骗取守将开禁门。
　　　　独有逢坂不上当，
　　　　岂容假冒闯关人！

　　歌外补上一句：

　　　　"聪明的守关人在此！"

又收到回信：

> 逢坂本是相逢关，
> 只要想通过，
> 不须巧计费周旋。
> 何劳晓鸡一声啼，
> 门自大开缔良缘。

这些信，最初的被隆原僧都硬是磕头作揖地要去。后来的信被中宫拿走了。她笑着说：

"且说逢坂之歌，竟被格调吓住，未作返歌而告终，这很不妙。"

后来头弁说：

"你的信，殿上人都看了。"

我说："您真的在思念着我，这番情意，现在才明白。毕竟光彩的事，若不一传十、十传百，的确没劲。但是另一方面，我却感到此事既龃龉，又难堪，因而拼死地隐藏您的信，不给任何人看见一个字。足见我的苦心之深与您的努力之大相比，可谓不相上下吧！"

头弁说："你讲得如此通情达理，我认为到底与众不同。"

又说："本以为你会像其他女人那样，抱怨我'考虑不周'、'处理失当'等等。"说罢大笑。

我说："那怎么会呢？正想报谢您哪！"

头弁说："您能藏起我的信，这也是叫我欣喜的事。否则，我该多么难堪，

日本最有名的关，是坂逢关。有如中国函谷关，孟尝君夜半学鸡鸣闯关，男女相会的意义，很让人留恋。此图选自日本国宝《源氏物语关屋屏风图》。

多么苦啊！拜托了。您今后也依旧多多关照吧！"

其后，经房中将认真地说：

"头弁对您大加赞扬，您可知晓？前些日在给我的来信中，顺便将近来发生的事提过。自己思念着的人被人称赞，那才是令人欣喜若狂的幸事哪！"

他讲得蛮有趣呢。

我说："这是双喜临门啊！一是得到那一位的赞扬；二是成为你心头挂牵的人。"

中将说："这些事，你好像又惊又喜，仿佛刚刚发生，心里快乐吧！"

（第一三九段）

一语道破

五月，一个没有月亮的漆黑之夜。

外面七嘴八舌地喊叫：

"各位女官都在吗？"

中宫说："出去看看！如此反常地喊叫，是些什么人？"

我便出去问道：

"那是谁呀？大吵大嚷的。"

室外毫无声息，却有人卷起帘子，只听嗖的一声，送进一枝中国传来的淡竹。

"啊？原来是'此君'呀！"

殿上人们听了，有的说：

"喂！这个话题，回到殿上去谈吧！"

于是，中将和源新中将、六位藏人等人都不见了。

头弁独自留下，说：

"散去的人究竟是怎么回事？是他们折了前庭的一枝淡竹，约定以竹为题作歌。后来又说：'同样作歌，莫如到中宫职的后妃室去，叫来女官们一同作歌吧！'于是，就来了。可是，关于'淡竹'这个名字很快就有人说出口，他们便回去了。很有意思。你究竟受何人指教而知之，竟能说出一般人不可能知道的典故？"

（第一四〇段）

作歌

　　有人手持中国传来的淡竹，卷起帘子，清女引用了王子猷"何可一日无此君"的故事，说："原来是'此君'呀！"于是，大家一同以竹为题作歌，很有情趣。这时，女官们光彩夺人，眼前的中宫定子，看着很美。本图选自日本国宝《枕草子绘卷》。

驾前试乐

毕竟人间的无上辉煌，莫过于临时祭前的驾前仪式了吧。

音乐试奏，也颇有风趣。春日天庭，幽静晴和，清凉殿不论御驾的前院，还是女官室的庭前，扫部司的官员铺上几张草席，敕使面北、舞人朝南，面向天皇落座。这些事，也许我记忆有误。

藏人所的人们在各个席位前，将餐架排得长长的。陪从们在这一天，也在驾前进进出出，不胜惶恐。

（第一四五段）

正月郊游

正月日丽风和，太阳照拂万物，到郊外剪桃枝，采鲜草嫩芽，成为一种风习。此一图出自日本国宝《住吉物语绘卷》。

剪桃枝

正月初十。尽管天空很暗，云层也显得很厚，但是，毕竟太阳非常清晰地照抚万物。

一个身份低微的人家房后，在一块连土都不曾平整过的荒地，有一棵桃树长得茂茂堂堂，树枝一直弯到树下。树枝的一面色泽青青；另一面则色彩浓重，阳光下呈现黑红色。

一名身材苗条的男孩，头发很整齐，将便服向远处一扔，便爬上桃树。另一名男孩将衣襟掖在腰间，穿的是半腰靴子，站在树下央求道：

"喂，给我剪下一枝好的哟！"

还有三四名发式很美的小女孩，都穿着破旧的汗衫，裤子也肮脏，但是穿的衣服却都很鲜艳。她们也都说："给我一枝做'卯槌'最好的桃树枝吧！"

爬上树的男孩投下桃树枝，树下的孩子们便分头跑去，取回桃枝来分发；还说："多给我点吧！"那样子，蛮有情趣。

穿黑裤子的男孩也跑来要桃枝。树上的男孩说：

"你等着吧！"

穿黑裤子的男孩走到树下去摇撼树干，树上的男孩觉着危险，像只小猴似的抱紧桃树蹲住，很是逗人。

当梅子熟了时，也会是这番景象的。

（第一四七段）

贵人下棋

　　听说下围棋，是高贵的人们玩的，他便解开直衣纽扣，心不在焉的样子拾起棋子便下。

　　对手是出身微贱的人，坐着一动不动，态度是战战兢兢，十分小心用另一只手不断地扯着下棋那只手的袖子。他坐得离棋盘稍微远些，弯下腰，如此下棋，有点意思。

（第一四九段）

◥ 下棋

　　下围棋，是高贵的人们玩的。女性也是下棋为乐。本图选自《源氏物语画帖》。

可爱的事

可爱的事：

画在田瓜上的幼儿的脸。

学老鼠吱吱叫的声音，一声呼唤，那家雀崽便蹦蹦跳跳地跑来。并且，如果给家雀崽系住一条绳，老家雀便叼着昆虫喂进它的嘴里，非常可爱。

两岁上下的幼儿急忙爬过来的路上，一眼发现有个小小的尘芥，用非常可爱的小手指抓住，拿给大人看，极其可爱。

剪刘海发的幼女，头发蒙住眼睛也并不拂去，歪着头看东西，那模样十分讨人喜欢。

双肩挎着背带的幼女，腰部以上给人的印象又白又美，看着真可爱。

个头不高的"殿上童"[在十二岁前进宫见习礼法的公卿子女]，衣服穿得板板整整，走来走去，也很可爱。

一眼看去很漂亮的幼儿，刚抱起来亲一下，他就紧贴怀里睡熟了，好可爱。

偶人。

从池水中拾取浮在水面的极小的荷叶观赏。

小小的葵叶很可爱。任何东西，小的都很美。

两岁左右的大胖孩，肤色洁白，很可爱，而且身穿二蓝的绫罗，长长的衣裳靠背带挽住袖子爬了出来，十分可爱。

八、九、十岁的小男孩，童声童气地朗读汉籍诗文的声音，真是异常动听。

小鸡雏腿很长，身子白，模样很可爱，仿佛穿着短小衣服似的，啾啾地吵吵闹闹，跟在人们身后缠缠绕绕；或是陪在母鸡身旁转来转去，看在眼里，实在可爱。

贵人与幼女

　　长发披肩的幼女，歪头看东西，那模样十分讨人喜欢。本图选自日本国宝《扇面法华经》。

鸭蛋篓。

石竹花。

（第一五五段）

悲愁的中宫

中宫凝视着细细的雨脚从屋檐飘下，落在秋天庭院的花草上，触景生情，增添几分悲愁，因为在关白府上的人也难得清闲，时时焦急难耐。本图选自奈良绘本《枕草子》。

艰苦的事

苦差事有：

哭夜郎的奶妈。

爱上两个女人的男子。二女都恨他，都吃他的醋。

制服顽固妖怪的修练者。

假如祈祷能够早些见效，那当然最好；但是不可能。虽然如此，却决心不要被人见笑，依然尽心尽力地祷告。太艰苦了。

被胡乱猜疑的男子深深爱上的女人。

在摄政、关白的府上，即使吃得开的人也难得清闲；但那还算是好的。

心中焦急难耐的人。

（第一六一段）

◤ 相爱的男女

爱上两个女人的男子，二女都恨他，都吃他的醋。真是苦差事。本图出自日本国宝《丰明草子绘卷》。

雪夜逸兴

积雪并不太厚；只薄薄地下了一层，非常有趣。

还有，大雪下得很厚的黄昏，在靠近屋门处，三两位志趣相投的人围着火盆谈话。天色已暗，室内并不掌灯，只借四周白亮亮的雪光，用火筷胡乱地拨弄着炭灰，交谈一些伤情或有趣的故事，非常富于情趣。

正在想：黄昏早已逝去了吧？忽听履声渐近。觉得奇怪，便向门外望去。常常在这种时候，突然闪现出意想不到的人。

"本想知道你今日怎样赏雪，不料，因一件无关紧要的小事干扰了前来造访，在那儿直到天黑。"

来客叙诉夜访的缘由。恐怕"今日有客来"之类的情节也肯定会说的吧！主客从昼间发生的种种事情开头，天南海北地有说有笑。将稻草坐垫给客人放在板条式外廊地板上，他却将一只脚郎当在廊下一动不动，直到传来寺庙的晨钟声，不论室内帘下的女主人还是室外的来客，闲聊了许多事，依然觉得言犹未尽。

▨ 雪

　　大雪下得很深，清女拨帘看这番雪景。本图选自明治时代上村松园绘《雪月花》部分。

晨熹微明时分，男客说声："告辞！"

吟道："雪满何山？"真是非常有趣。

如果只有女人，便不可能这样坐待天明的吧！然而现在，男客走了以后，女士们会比平时兴趣更浓地一同交谈风流男子的神采。

（第一八〇段）

月

皓月当空，她们与月为伴，以月相亲，向月亮倾吐衷肠。本图选自明治时代上村松园绘《雪月花》部分。

雪月花时

　　那是村上天皇在位的年代。一天，大雪下得很厚。天皇吩咐将雪装在银盘里，上插一枝梅花，当皓月当空时赐给兵卫藏人。兵卫启奏云："恰是'雪月花时'"。

　　主上非常赞赏，说：

　　"此时此刻，吟首和歌，这是人间常事；但用典择句如此恰应其境，真是无言以对。"

花

　　白居易诗云："雪月花时最忆君"。清女写了雪，写了月，还写了花，题为"雪月花时"。本图选自明治时代上村松园绘《雪月花》部分。

又一天，兵卫藏人正陪侍天皇，恰在殿上没有人来的工夫，天皇踱来踱去独自伫立，忽见火炉中浓烟腾起，便说：

"那是什么烟？快去看看！"

兵卫藏人看过之后，回到天皇身边启奏道：

　　海面划行乃何物？

　　凝眸处，

　　渔夫垂钓舟，

　　归来浪中渡。

歌词改写得棒极了。原来是那首歌呀："一只蛤蟆，窜入火焰中，烧焦了。"

（第一八一段）

初见中宫

最初来到中宫殿上供职时，害羞的事不计其数，甚至好像还掉过眼泪。

因此，每当夜晚出勤，守候在中宫身旁的三尺几帐之后时，中宫便拿出一些画来给我看。就连这时，我也无端地感到困惑，连手都不敢伸。

中宫介绍说："这张画如此如此；那张画那般那般。"独脚漆桌上燃亮了灯火，发丝反倒比白昼看得更加清晰。我很害羞，只好忍着点儿继续看画。

已是夜深寒彻时分。忽见中宫从袖口伸出的手非常鲜艳，是淡雅的红梅色，再也没有那么漂亮的了。在没见过世面的平头百姓看来，他们会说："这是怎么啦？世上哪有这样的人？"他们自然要盯住不放地看个仔细，直到惊诧不已。

清晨，自然着急，盼着回到女官房去。中宫却说：

"即使是葛城之神，也请稍留片刻。"我心想："哪怕尽可能让别人只从侧面看见我这副丑样……"所以，我采取了伏卧姿势，也不打开格子窗。

女官们来到，说：

"请把这上半扇格子窗打开吧！"

"别动！"中宫制止。

女官们笑着去了。

中宫对我说："你想早点儿回房去？那就快些走吧！"又说："一黑天，就早点来……"

我便从中宫面前偷偷地膝行退下。刚刚回到女官室，推开格子窗，雪景十分怡人。

中宫一再传令说：

"今日中午出勤吧！雪天阴暗，未必能把你看得清楚。"

女官室的头头也一味地催我出勤，说：

"你总想那么躲在屋里呀！这可是轻易难得的机会。让你去伺候，那可是中宫有意安排的吧！有拂他人的美意，可是讨厌的事哟！"

我拼命地跑去拜见中宫，太累了。

侍卫所的夜火小屋房顶上堆满了雪，可谓珍奇，有趣。

中宫身前，像往常一样，把火炉中的炭火生得旺旺的。但是，并没有人特意坐在那儿。中宫面对着沉香木梨子地的漆绘火盆坐着；有高级女官像素日一样服侍于左右。

隔壁房间长条火炉旁坐满了女官，都披着唐衣，但见安闲舒适的样子，令人羡慕。那些女官有的收信，有的或坐或立，看行动，是无拘无束的样子，边说边笑。我想："究竟何时才能像她们那样和同事们彻底融合在一起呢？"真有点发怵。

里面有三、四名女官凑在一起欣赏绘画。

不多时，传来喝道的高声喊叫声。"大概是关白大人进宫了。"女官们说着，将散乱的零碎东西收拾一下。

我这时钻进屋里——话虽这么说，还是有心想看，便从几帐下端的开缝处忽地瞥了一眼。

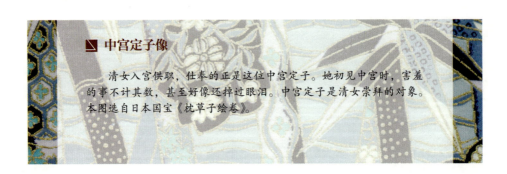

◤ **中宫定子像**

　　清女入宫供职，仕奉的正是这位中宫定子。她初见中宫时，害羞的事不计其数，甚至好像还掉过眼泪。中宫定子是清女崇拜的对象。本图选自日本国宝《枕草子绘卷》。

哪里是关白大人，原来是大纳言伊周老爷光临。直衣和指贯裤都是紫色，与白雪相映成辉，十分有趣。

大纳言坐在柱子旁边说：

"昨今二日，虽应避忌，却也想来看看；雪下得太大，不知情况如何，很是放心不下。"

"我心正想：'山乡积雪深深处，不见行人路，'今日有客来，且看他风流人物，怎么，竟然来了？"中宫回答道。

大纳言笑着说：

"难得你铭刻在心，还记得踏雪'风流人物'。能看一眼我这个'客人来'吗？"

他二人对话的风采无比地优美，难道还有人能胜他们一筹吗？我认为比物语故事中信口开河描画的那些情节毫不逊色。

中宫穿着几层白色下裳；上衣是两件红色唐绫〔唐朝产的绫罗绸缎〕；外加白绫打衣，而且披着乌发来临的样子，在画面上倒是见过，而在现实中却不曾相识，因此，宛如做梦一般。

大纳言在和女官们闲聊，开开玩笑。女官们对答如流，丝毫也不觉得害羞。大纳言说起捕风捉影的话，女官们便极力抗辩。言来语去，令人瞠目结舌。说到令人害羞处，简直没办法，倒是羞得我脸都红了。

大纳言吃起水果，还拿给中宫吃。大纳言肯定是问了女官：

"几帐后边，那是谁？"

然后，女官大概是说那是什么、什么人的吧？

大纳言离席向我这儿走来；可我竟然以为他是要去别处。说话工夫他已经在离我很近的地方坐下来谈话。他说还在我没有入宫做事之前就听说过我。"真的是那样？"……

还记得，从前我连隔着几帐远远地用斜眼看，都感到羞羞惭惭，尔今却万不曾想，就在眼前，面面相对，简直不像是真的。

从前，每当瞻仰天皇行幸时，担当扈从角色的大纳言从远处向这边的牛车瞥上一眼时，我便将牛车前后的第二层布帘调整好，担心说不定会被从空隙处望见这边车上的人影，便用团扇遮住自己的脸。尽管如此，依然连自己都觉得太缺少自知之明，为什么要这样进宫来做事呢？我已经冒汗，由于过度劳累，竟不知应该如何周旋才是。

恰在为难之际，有人背地送给我的扇子也被大纳言拿去。面对射来的视线，我用以遮面的发帘多么难看啊！我心想："这一切真的是为了让我丢丑现眼呐。大纳言快些启驾吧！"然而，大纳言却手里玩弄着画扇问道："这幅画是谁画的？"他并不急于跨出门去。我只好以袖遮面，脸朝下趴着。因弄翻了白粉，都洒在下裳和唐衣上，恐怕脸上更加斑驳了吧！

大纳言坐了很长时间。也许中宫察觉到我当然会觉得疲乏的吧，便对大纳言说：

"请看这幅，这是谁画的呢？"

我很高兴。不料，大纳言说：

"送给我，回去再看吧！"

中宫又说："还是到这儿吧！"

大纳言却说："她抓住我，不让我起身。"

十足的现代派，与我的年轻、身份都不相称，感到羞愧得无地自容。

中宫拿出一本什么人书写的草书假名的小册子看。大纳言说：

"是谁的墨迹？交给她看看吧？惟有少纳言能认出今日纸上任何一位书家的笔墨。"大纳言说了种种奇谈，无非要引我答话。

仅大纳言一位在此，就已羞煞人也。忽听又有开路先锋喝道的声音，随后也是一位直衣打扮的人进来。

这一位比大纳言更加活泼、爽快，满嘴笑谈；女官们都赞美他，取笑他，引以为乐。她们说："当年某某，有这样故事、那样故事……"一听到殿上人经历中的传闻，深感不知那是神佛"化身"，还是天仙下凡？但随着宫差日久，多方熟练，才觉得并不那么神奇。现在我见而惊叹的女官们，当她们刚刚走出家门时，感觉也和我同样吧。待到各种差事都干过，天长日久，自然而然地熟悉了，习以为常了。

中宫和我说着话，顺便问：

"喜欢我吗？"

"怎么会不喜欢呢？"我回答道。这时只听食盘所[放餐盘的地方，清凉殿西厢]那边不知什么人大声打了个喷嚏。

"唉哟，讨厌！说假话了吧？好啦。"中宫说着，进到里边。

我想："哪里是说假话呢？若说爱慕得平常一般，那好吗？是打喷嚏的鼻子说了假话的。"然而尽管如此，究竟是谁干了这么招人恨的事呢？打喷嚏，大抵是觉得不受欢迎的。因此，自己将要打喷嚏时，也要忍一忍，压碎它，蹩回去。却偏偏在此重大时刻发作。何况我初次进宫做事，还不习惯，又不能连软带硬地去辩解。

天色大亮，退回女官房，立刻有仆人送信来。是在淡绿色薄纸上，写了一封飘洒、漂亮的书笺。只见写道：

　　什么手段那么妙？
　　听了假话能知道。
　　这话不可靠。
　　除非空中有神判，
　　无证也敢定假冒。

信中表露了中宫的心。我心里很乱，说不清是觉得信很精采，还是遗憾？只是希望查出昨夜打喷嚏的人问个明白。

　　花色浓淡有，
　　美与不美全在它，
　　然而不是花。
　　鼻子哪管情深浅，
　　打个喷嚏害得远。

以上请多加指正。恐怕我被野鬼附体了吧？不胜惶恐。

将书信呈中宫之后，我还想大发感慨：不愉快。怎么就那么赶巧……有人打了喷嚏。

（第一八三段）

清女父是下级贵族，国守这个肥缺落到手中，从此荣华富贵。图为下级贵族的生活状况。本图选自《松崎天神缘起绘卷》。

<<< 175

得意的事

得意的事：

正月初一清早第一个打喷嚏的人。

在竞争激烈时，自己心爱的儿子任官当了藏人，瞧他老爸那副神气！

"除目"这一年，一等国守这个肥缺落到手心。有人祝贺他说：

"恭禧你荣华富贵，即将上任了。"

他却应酬道："哪里。据说那是个能把人累垮的国度哟！"说这话时，也是一副扬扬得意的面孔。

求婚者甚多。在竞争中被选中做了女婿的人，一定在得意地心想："舍我其谁？"

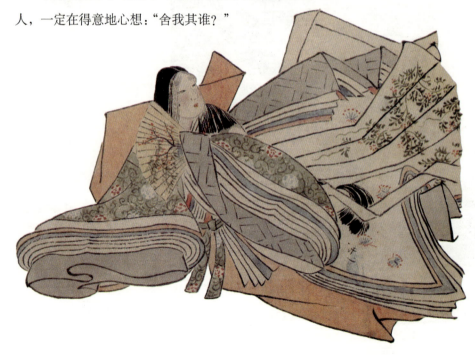

制服了顽固妖怪的修练者。

打赌"猜韵"的最先猜中者。

射小弓。尽管对方用咳嗽来干扰，并且吵闹，他都忍耐；只听弦声响时，箭已中的，他定是春风满面的吧！

贪婪的人下棋，还不知已经自身难保，却一颗贪婪的心四处游荡。这工夫，他别处也没有活眼，只是吃了许多小石子儿，怎能不高兴呢？他傲慢地一笑，比起一般的胜利更加得意扬扬。

等了许多岁月才当上了国守的人，那表情一定是很得意的。剩下的几名家员，原来对主人蛮横无礼，不当人待，虽属可恨，也无可奈何，只得忍气吞声地度日。一旦当上国君，连比自己优越的人也成为追随者，表现得诚惶诚恐，一味地说什么"听您吩咐"。按这时光景，还能把他看成和从前是同一个人吗？贵妇人用了高雅的女官；从未见过的身边用具与服装自然会像泉水涌来般地出现！

当了国守的人，后来晋升为近卫中将，比起原是贵公子出身的人升为中将，自我感觉更加高贵；大概春风得意，以为非常了不起！

（第一八四段）

风

风：

暴风。

寒风。

三月傍晚徐徐吹来的花信风[应花期而来的风]令人感慨无量。八月份的雨挟风，也别有一番情趣。那风，雨脚横飞，呼啸袭来。人们整个夏天都穿着绵衣，一股汗腥味儿。眼下汗水已干，换上了生绢的多层单衫，蛮有趣的。单是这生绢穿在身上就热得透不过气，很想将它抛却；可是现在心想："什么工夫竟然变得这么凉爽了呢？"这也蛮有意思。

天亮时打开格子窗和侧门，一阵强风袭来，扑在脸上，十分畅怀。

九月末，十月初，天空阴沉沉的。劲风乍起，黄叶飘飘洒洒地飞落，情景颇为动人。樱花树和白头翁树的叶子落得最多。

十月，林木较多的庭院风光宜人。

（第一八六段）

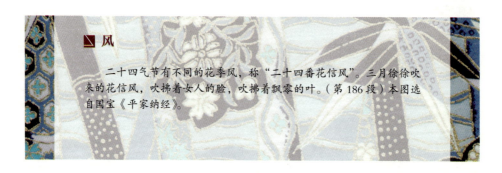

◢ 风

二十四气节有不同的花季风，称"二十四番花信风"。三月徐徐吹来的花信风，吹拂着女人的脸，吹拂着飘零的叶。（第186段）本图选自国宝《平家纳经》。

秋风后

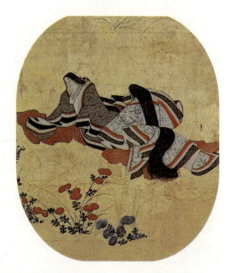

秋末冬初刮狂风的第二天，很令人感慨。

花格板窗和篱笆一排排地倒下，庭前处处的花木，连看一眼都觉得凄凉。大树倒了；树枝已被吹折。这景象本就令人惋惜，何况那些大树压在女郎花上，好像步履蹒跚地爬行似的，觉得非常吃惊。风将树叶嗖嗖地吹进格子里，仿佛特意将它一一间壁起来似的，令人不敢相信这是暴风之所为。

妇女们穿的衣服表面上的光泽越来越暗淡，而且，把朽叶色的纺织品或薄绸小褂当做女式礼服穿在身上，显得忠厚老实，看来也很美丽；竟因昨夜风高，未得安眠，今晨睡了个长时间的早觉。起床时照了一下镜子；在上房坐了一气又稍稍往厢房走了几步，乌发被疾风吹乱而披在肩头的样子，实在太美了。

那女子对这总有些令人感慨的庭院景色正在浏览，有一位少女大约十七、八岁，倒也不是很小，但也不是特别像大人。她穿着生绢的单衣，极其破旧的衣服；花色已经褪去，好像湿乎乎的。而且，穿着淡红色的睡衣，发梢像芒草尾花似的剪得刷齐；长长的发丝已经超出衣服的底襟。惟有红裤子非常鲜艳。这一小小年纪的童女正在眺望女官们将被风连根拔掉的草木收拢或搀扶起来。

她是在室内掀起帘子，贴在主人身后以羡慕的神色观看的，那背影也很美。

（第一八七段）

秋风后

　　女子在眺望被风连根拔掉的稻草与刮倒的车轮，令她不敢相信是暴风之所为，连看一眼也觉得凄凉。本图选自《扇面古写经》。

向往的事

心中向往的事：

隔着点什么听见女人悄悄的呼叫声。那不像使女的声音。答话的语声也很清脆，稚嫩。衣裳沙沙地响着来到了，那光景令人不胜向往。

大约是用餐的时间吧，筷子与汤匙组成交响乐。这时节，连长柄酒壶横着倒下的声音都能听得见。

衣服捶打得光泽闪闪，极其鲜艳，长发一丝不乱，整整齐齐地披在双肩。

这里是精心修建的场所。天黑了，上房却并无灯光。从长形火炉厚厚炭火的光焰中，可以清晰地看见几帐的丝带和帐帘的横额卷起时控制它的挂钩在醒目地闪闪发光。

精妙的工艺品——火盆，看来连灰都摊得平平整整。依靠炭火之光，可以看清火盆内侧漂亮的画，很有意思。火筷子大交叉地分开放着，也很有意思。

夜已深沉，人们都已酣睡之后，但听外面有殿上人说话；室内则将棋子儿大量装进棋盒里，非常令人怀念。

竹帘下亮着灯，也令人难忘。

隔着帘帐之类有男人蹑手蹑脚地走到女人身边。但听深更半夜，他们忽然醒来说话，而谈话内容却又听不清楚。那男人还偷偷地笑。他们究竟说些什么？不禁好奇。

（第一八八段）

笛·笙·荜篥

笛：

横笛很动听。

远远听到笛声，越来越近，非常有趣。原来近在咫尺的笛音逐渐远去，也很有意思。

不论乘车、徒步或骑马，看不见他怀里有横笛。哪里有这么奇妙的乐器？何况吹起自己才听得懂的曲调，太好了。

天亮时，发现男人忘于枕侧的横笛，也很有趣。男方差人来取，便将横笛用纸包好捎去，冷眼一看，像捎的书信一样。

月明之夜，坐在车上，忽听笙曲传来，非常开心。

然而，这个乐器个头大，太占地方，庞然大物，似乎不便携带。吹它时面相将会如何？吹横笛也同样，大概越吹面相会越难看的吧！

荜篥，太烦人。假如以秋虫作比，仿佛是蟋蟀，令人很不开心，不愿在近处听它哭泣。更何况将荜篥吹得拙劣，更极其令人生厌。

两次临时祭，当人们尚未齐集天皇驾前时，躲在背阴处，听那巧吹横笛的妙音，心想："啊，太美了！"正听得出神，突然，半路插进吹起荜篥声，这简直……不管头发梳理得多么整齐的人，大约也一定会气得发丝全部一一倒立。

不多时，又发出琴笛合奏的声音，十分美妙。

（第二○三段）

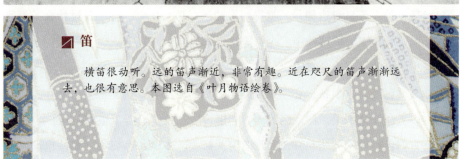

笛

　　横笛很动听。远的笛声渐近，非常有趣。近在咫尺的笛声渐渐远
去，也很有意思。本图选自《叶月物语绘卷》。

一饱眼福

一饱眼福的事：

天皇行幸。

贺茂祭归来的队伍。

摄政、关白参拜贺茂神社贺茂临时祭。

且说临时祭那天，阴沉沉、冷飕飕的。疏疏落落的雪花，飘落在使者、舞人和陪从们插发的绢花与蓝色印花的夹袍上，真是无法形容的美。

舞人腰刀的刀鞘，清晰地黑亮，反射的光芒，显得又白又宽。半臂的带子仿佛用莹贝打光了似的崭亮；从白地蓝花裤的缝隙处可见内裤在砧上捶打过的光泽，几乎让人大吃一惊，难道是冰在发光吗？一切都很精彩。

本来盼望队伍更长一些才好，但是，祭日的使者必然也有面目可憎的人，那就不招人爱看，不过，以藤花遮面，还是颇有风趣的。

瞧热闹的人还是朝着行列走过的方向自然而然地望去，但见陪从中品格低下的人，几乎使其高贵的柳色下裳与发饰的棣棠花感到羞愧。

不过，用葵叶头饰拍打响亮的节奏，唱着"贺茂神社背带"的歌，倒也极有声势。

还有什么举动能比天皇行幸更加隆重啊！当瞻仰天皇乘上凤辇时，几乎忘却了自己昼夜都在天皇身边伺候，觉得那么神圣，那么华贵，连平日没什么了不起的官儿以及女大夫、护驾的中、少将等，也都显得不平凡了。

祭祀归来的行列十分有趣。

昨天就已经万事俱备。在一条大路的宽阔而洁净处，日光酷热，射在赶来参观的牛车上，非常刺眼，便以扇遮面，频繁地变动位置，等了很长时间。

女官们已经汗水与脂粉并流，形容有失娇美。本来，今日力争早些出动，停在云林院和知足院的几辆车上，装饰的葵枝与桂叶已经显得枯萎了。

太阳虽然已经完全升起，天空却依然阴沉。平日总是睁开眼睛、起身端坐，当然要谛听杜鹃啼唱。何况这里大概数量甚多，心想："待它鸣啭时定会啼声飞扬。"但是听着听着，竟有莺老啼声，似乎竭力效仿杜鹃，与之齐声和鸣，虽然可厌，却也别有情趣。

什么时候才来呀？正等得焦急，一些穿红色便服的人从贺茂神社结伴而来。

"怎么啦？队伍开过来了吗？"

"没有，没有！还早哪。"

他们回答后，抬走凤辇与轿，回斋院去了。能乘如此华贵的轿子十分荣耀，但不知为什么身边竟然用了这样一些身份低微的人，令人不胜惶恐……

尽管穿红色便服的人们说要等得遥遥无期，但是，不多时，斋院的队伍已经回来了。行列以葵扇领头，随后是青朽叶色［黄里带红、带青］的服装，非常好看；而藏人所的人们则是青色袍白衫，只将白色衣襟稍微掖在腰带上一点点，宛如水晶花初开的篱笆墙，令人遐想："郭公鸟一定藏在墙下。"

昨天出游时，一辆车上坐了许多人，胡乱地穿着二蓝直衣或便服，摘了车帘而显得发了疯似的贵少们，由于今天将做斋院宴飨的陪客，却俨然扎好正规的束

7 喝茂祭队伍

关白参加贺茂祭的队伍很长，很精彩，很华贵，回程"风吹云散别山峰"，一饱眼福。本图选自《年中行事绘卷》。

带，一人一辆车，装模做样地坐在车上，后边是殿上童乘坐的牛车，这番景象也很可观。

队伍全部通过之后，为什么那么慌张？无不争先恐后，几乎令人惶惶不安地急于将车赶在前边。我却伸出画扇，劝阻车夫说："不要那么急，慢慢地走吧！"然而，随从们不肯听。没办法，当牛车行至宽阔处，硬叫牛车停下。随从们觉得既无奈，又可恨。

其他那些车还在力争快速前进。这时，离开竞赛行列送上二目，非常有趣。为了让其他牛车能够超越，稍微让一点儿，然后自己的车再前进。

这时，路已是山沟的样子了。在那风光迷人处，见有水晶花篱笆墙，已经十分荒凉；许多枝条伸到路上，几乎让人吃了一惊。花儿还没有完全开放。刚见蓓蕾的，似乎占了多数。昨天插过的葵枝已经枯萎了，很是遗憾，便将水晶花枝折些来，插遍了牛车，倒也蛮有意思。

愈是走近前方，愈是事与愿违，所走的未必是一条近路。这也有点意思。一辆男子坐的牛车，不知是何许人，从后面跟了上来，这比平时更有意思。车到岔路口时，车上的男子面对前方的车上人告别，朗诵"风吹云散别山峰"的和歌，很有意思。

（第二○四段）

扇绘贺茂祭队伍

奉币使一行从宫中出发，到贺茂神社参拜，沿途挤满围观者，异常热闹。本图选自《年中行事绘卷》。

漫游在五月的山乡

漫游在五月的山乡，十分有趣。如同前人所咏："但见溪水碧盈盈一片。"上方却无动于衷。

沿着杂草丛生处远远笔直地走去，下边是异常清澈的水。水并不深，但是，伴随着人们徒步前进，溅起晶莹的水花，非常开心。

左右两侧用树枝编成的篱笆墙，当牛车靠近而刮上时，有的枝条竟插进车棚的棚顶。急忙想抓住它，折下来，但它又忽而脱逃掉，失之交臂，多么可惜。

车将艾蒿压碎了。当车轮转到上端、贴近身旁时，一股香气袭来，十分开怀。

（第二〇五段）

社

社：布留社，龙田社，花渊社，美久利社。

杉之社，大概颇有灵验吧。很有意思。看来，如愿明神，非常令人崇信，甚至希望道一句"祈愿情真万千遍"，非常动人。

蚁通明神。据说纪贯之的马患病，曾作歌求蚁通明神"为马息灾"，果然如愿医好了马病，十分有趣。

起"蚁通"这个名字的来源，能是真事吗？有如下一段传说：

早先年有一位天皇，只喜欢年轻人，叫人把四十岁以上的全都杀掉。因此，年过四十的人都逃亡到异国他乡很远的地方隐藏起来，以致京城里不见一位老人。

这时，有一位近卫中将，是显赫一时的权贵，头脑也很聪明。他有年近古稀的二老双亲。他们说：

"连四十岁都不让活，何况七十岁，太可怕了。"

二老正恐怖得吵吵闹闹。据说中将非常孝顺，他说：

"决不让你们到远方去住！我一天不见二位老人一面也受不住！"

中将偷偷地天天挖土造屋，将父母藏在那里，经常去那里见面。他对朝廷和世人通报了老人失踪、不知隐于何方的原委……

天皇为什么干这种事呢？对于想藏进屋里一声不响的人，装不知道有多好嘛。真是个令人厌恶的时代啊！

老人原来也许是公卿吧？所以有了中将这么个儿子。老人神思聪颖，一切事理无不深谙熟知。因此，那位中将虽然年轻，但有才学，智慧可悟事物的奥秘，十分精干。天皇也认为他是值得珍惜和重用的人才。

唐土帝王总想蒙骗我国，夺我疆土。常常考验我们的智慧，送个信来，设问挑衅。

有一次，送来一段木头，二尺上下，削得溜圆崭亮，十分可爱，问我国天皇："此木，根、梢各在何处？"

压根儿无法知道。天皇正发愁，中将觉得天皇很可怜，便去见父亲说："有一件如此这般的事。"

父亲教他说："只要有一条流速快的河。把那段木头投进河里观察。假如逆流旋转着流去，就把那头标明为木梢送交唐朝。"

中将进宫，满脸自有见地的神色。

"那就试试看吧！"

说罢，率领众人去到河边，将那段木头投进河里，将先流动的一端标明为梢，便送回唐土了。

后来，唐朝又将五尺长同样的两条蛇送给天皇，问道：

"哪条是雄性，哪条是雌性？"

这也完全无法辨认。

神社

到神社祈愿情真，颇有灵验。纪贯之作歌求蚁通明神"为马息灾"，果然如愿，这十分有趣。本图选自奈良绘本《枕草子》。

像往常一样，中将又去问父亲，父亲说：

"将二蛇并列，用柔细的柳枝碰到尾部时，如果尾部摇动，就可以识别它是雌性。"

如法炮制。在宫中照样一试，真的一条蛇不动，另条蛇动了，便又注明记号，差人送回唐土。

唐帝其后过了好久，送来一块曲曲折折七道弯的宝石。那宝石很小，中间是空洞，左右各有一出口。唐帝说：

"将此宝石穿上绳再还给我吧！这在我们国家是人人都会的哟！"

不论多么杰出的能工巧匠，恐怕也无能为力的吧！大多数公卿和所有的人都说："不明白。"

中将又去见父亲，说明事情如此这般。父亲回答道：

"抓两只大蚂蚁，腰上给它系一条细线，再把一条稍微粗些的线绳接在细线上，放它们进一端的孔眼；再在另一端孔眼上抹些蜂蜜试试吧！"

中将照样禀报天皇。将蚂蚁放进洞里后，蚂蚁闻到蜂蜜的香味，的确，很快便从孔眼的另一端出口钻了出来。于是，将线绳自然而然穿出另一端出口的宝石还给了唐帝。

其后，唐帝才了解："日本是个聪明人的国家啊！"再以后，唐朝的皇帝也就不再干那种事了。

天皇认定这位中将是个了不起的人，说：

"这笔奖赏，我将为你做点什么，赐给什么爵位才好呢？"

中将回禀说：

"臣一向不图官位。只求找到一直失踪不知下落的年迈父母，恩准他们在京城居住。"

天皇说："这点事极其容易。"便允诺了。

许多父母都活了下来，真是喜气冲天。天皇还任命中将为大臣。

因此，有人告诉我，由于这件事，其后，那位老父亲大概成神了吧！夜里，神便出现，对参拜明神的人们吟咏如下的歌：

七曲带孔好宝石，

有蚁穿通引细丝。

蚁通明神名气大，

问君此事知不知？

（第二二六段）

风雪中的年轻官人

雪下得很厚，一直还在下。这时，官阶五位或四位的年轻高官，外袍色调很美，还残留着扎石带的痕迹，现在换上了值宿打扮。他们将外袍的底襟掖在腰上，紫色的指贯裤与白雪相映，色调显得更加鲜浓。袍下的衬衫如不是红色，便是绚丽的棣棠色〔金黄色〕，露在外边。侍从为他们打着长柄高伞。狂风劲吹，从侧旁夹雪扑面。因此，他们斜着身子走来。皮靴与半靴的鞋帮上粘了洁白的雪，十分风雅。

（第二四四段）

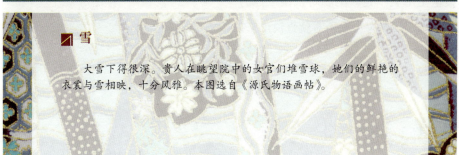

雪

　　大雪下得很深。贵人在眺望院中的女官们堆雪球，她们的鲜艳的
衣裳与雪相映，十分风雅。本图选自《源氏物语画帖》。

残月背影

成信中将乃入道兵部卿之子；容颜甚美，性情风雅。但伊予守源兼资之女竟然被他遗弃。当伊予府带着女儿返回故里时，可以设想该是多么感伤啊！

成信中将听说她明朝离京、返回伊予，便在头一天晚上前去辞别。中将大约是在残月寒光下归来的吧！眼望中将穿着直衣的身影，那女人该是？

从前，那位将军经常到女方的宫殿里坐下就不走，闲聊呀，谈谈他的夫人呀，发现有什么不对就直说出来。可现在……

其二　雨夜登门

有个女官，死心塌地地讲究忌讳，把姓氏当成名字，那位女官已经做了他人的养女，姓平。然而，年轻的女官们却一味地依然叫她的原姓，并且当成话题。

这位女官长相并不漂亮，名叫兵部。她尽管毫无风流韵致，但却偏要混在自以为出色人物的群体之中。中宫曾说她"难看"！但人心叵测，明明知道，竟无人告诉她本人。

这是一条院新建房舍的某一间。不中意的人决不准他们登门。俊秀的小屋静悄悄地面对着东御门。式部君和我不分昼夜，在此相守。中宫也常常驾临，欣赏风光。

"今夜我俩在里边的房间睡吧！"于是，二人在南厢房睡下。

忽然有人狠狠敲门。"真麻烦！"我俩异口同声地说着，装做熟睡的样子。

但是，外面依然吵吵嚷嚷地敲门。只听中宫还说：

"去叫起来！她俩是装睡吧？"

于是，兵部来叫我们俩。我俩依然装睡。兵部走到敲门人身旁说：

"压根儿没有叫起来呀！"

二人竟原地落座，互相谈心。我心里正在想："他们谈得时间好长呀！"这当儿，夜已沉沉。

那男子好像就是权中将。我俩在猜闷儿："什么事这么长谈细论的呢？"但只能窃窃发笑。这些事，他们哪里会知道。

权中将一直坐到拂晓才走。

我想："这位中将真乃无耻之徒。再来时决不与他搭话！究竟什么事，还用得着一直谈到天亮？"

我俩正在说笑，拉门开了，兵部跨进屋来。

翌朝，就在那间小厢房，只听兵部说：

"大雨倾盆的日子跑来的人，总叫人受感动的。纵然平时因对方薄情而烦恼，假如能那么湿淋淋的跑来，定会将痛苦统统忘掉的。"

她为何道出这么一番话？

我想，也许是这样吧，假如昨夜、前夜、大前夜、以至大前夜的前夜，总是此刻出现男子，今夜料想雨暴也毫不畏惧，还是要来，那就是说，那名男子大约决心连一个晚上也不肯离开，女方也一定深受感动。但是，假如那男子平时并不常来，女方总是忐忑不安地度日，而那名男子只等这大雨倾盆时才来，我想，决不能认为他有一丝一毫的真情。不过，人们因感受的角度不同而观点也各异吧！

假如发现一个女人很懂事，并且通情达理，富于情趣，于是，与她相亲相爱。但是，那男子在别处还有许多要去的地方，又有结发夫妻，因而不可能常常聚首。虽然如此，他毕竟在暴雨浇头时来到，我想，那恐怕是为了让人们纷纷议论，赞美他几句吧？尽管如此，对女方确实无情无义，又何必假惺惺地要去见面呢？不会有这份心情的吧！

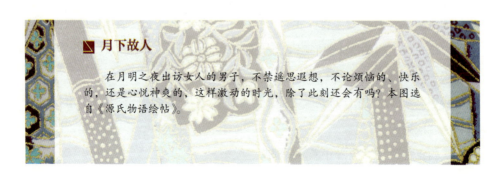

■ 月下故人

在月明之夜出访女人的男子，不禁遐思遐想，不论烦恼的、快乐的，还是心悦神爽的，这样激动的时光，除了此刻还会有吗？本图选自《源氏物语绘帖》。

且说，落雨时我一味地心慌意乱，连对今朝风和日丽的天空都浑然不觉，竟对于宫中精巧小厢房的美丽也无动于衷。何况与此完全相反，居于平淡无奇之房间，只能盼着雨水快些停了吧！

其三　月下故人

与上述情况相反，想在月明之夜出访的男人，不论事隔十日、二十日、一个月、甚至一年前，更何况过了七、八年，一旦回忆起故人，便想前去相会，认为意义颇深。于是，哪怕在不便幽会的不当场所，抑或确有必须避开众人耳目的理由，也一定要见上一面，说上几句话再走。并且，女方对于可以住下的男子一定会挽留的。

当月光皎洁时，不禁遥思遐想。一些往事，不论烦恼的，快乐的，还是心悦神爽的，像现在这样令人激动的时光，除了此刻，还会有吗？

《野物语》，并没有多少动人的故事，语言也很陈腐，没什么看头。然而，主人公望月怀旧，拿出虫蛀的蝙蝠扇伫立吟歌：

小马识途任尔行。

那时，女人家门前的光景，令人感慨万千。

其四　雪夜情思

也许由于盼望阴雨快晴的缘故吧，即使片刻阵雨，也非常厌恶。

宫中不管多么高贵的仪式，也不管理应心境爽朗、人人欢快或盛大隆重的聚会，只要下雨，就连提它都没有兴致，十分遗憾。那么，被雨淋湿、牢牢骚骚地跑来，又有什么了不起？批评交野少将的落洼少将，雨夜访女友，还洗了脚，令

人扫兴。多脏呀!

交野浑身发抖,很有趣。

然而,他昨夜、前夜,连连来访,也颇有情趣。否则,风雨之夜,还有什么意思?

风吹欲雨的夜晚,有男子来访,女人感到有了依靠,那便定会有些趣闻的吧!

最好是下雪的日子。不要说直衣之类,就连便服和藏人的青袍极其冷冰冰地被雪打湿,肯定十分有趣。即使六位官员穿的绿衫,如果落上雪花,也未必不快活吧!

从前的藏人穿着青袍被雨淋湿,到了女人身边,据说要将湿衣拧干再穿。而今日,即使白昼,也不再穿青袍,只披上一件绿衫。至于卫府官员的服装就更加有趣了。

听了我如此微词,总不至于出现雨夜驻步的男人吧。不过,月明之夜,染得很红的彩纸上,只写"有别"二字,送到厢房,趁着月光一看,那才有趣呢。至于雨日,能有如此趣事吗?

(第二七二段)

香炉峰雪

　　大雪下得很深，与平时不同，将格子窗放下，火炉生起炭火，女官们聚在一起闲谈话，在中宫驾前伺候。

　　中宫说："少纳言，'香炉峰雪'如何呀？"

　　我将格子窗吊起，再将御帘高高卷起。中宫笑了。其他女官都说：

　　"大家都知道这首诗，甚至也都吟咏过，可就是不曾想起。毕竟侍候中宫，少纳言是最佳人选！"

（第二七九段）

香炉烽雪

　　作者借用白居易"香炉烽雪拨帘看"诗句，形容她将御帘高高卷起，观赏窗外的飘雪的情景。这是江户时代土佐光起绘《清少纳言像》。

春光多无奈

三月间，为了避忌，到一个不太熟的人家。庭中林木平庸，并无可取；其中柳树，也不像寻常柳树那么文雅，叶子很宽，不招人爱。因此我说：

"这不是柳，是别的什么树吧？"

有人答道："也有这样柳树的。"

我瞧着瞧着，吟成一首：

> 傲然立庭间。
> 柳叶娇眉美人面，
> 犹恨碧叶宽。
> 春神有脸全丢尽，
> 只怪店家树不端。

那时，同样为了避忌，我离开这个不太熟的人家。第二天中午，极其无聊之感兜上心头，恨不得立刻去见中宫。恰值此时，我欣喜若狂，见到了来信。那是在浅绿色的纸上，由宰相君遵中宫吩咐，以极美的墨迹写成。中宫说：

> 问君如何度光阴？
> 寂寞愁捱昨又今。

宰相君又在私信中写道：

"今日大有一日千秋之感。明朝速来见驾。"

单是宰相君这番话就够使我激动的了。何况中宫来信，不可疏慢。但是，要说的话却尚未浮现于脑海，可怜！只好写道：

　　　　春光无情趣。
　　　　云上似说度日难，
　　　　忽有锦书传。
　　　　异地苍凉飘泊客，
　　　　高楼是谁带愁看。

　　我又在给宰相君的复信中写道：

　　"没准儿，今夜也许会成为深草少将哩！"

　　黎明时候，我回宫见驾。想不到中宫说：

　　"你昨天送来的答歌说：'似说度日难'，不像话！非常可气。大家都狠狠地骂了你。"真真遗憾！的确。也许我有错吧？

（第二八一段）

春光华衣

在春光下，女性身穿华丽的春装，洋溢着一种优雅的气氛，怎么会是『春光多无奈』？松冈映丘绘。

晚秋残月

某地，有一位二小姐。虽然并非豪门望族子女，但是，人们评说她心灵是个风雅的人，气质又富于情趣。

有人九月间访问二小姐，归来时是下弦月，大雾迷蒙。为了给小姐留下当时爽朗柔美的惜别之情，他说尽了告别的话。

现在男子已经走了吧? 女方送别时，真个是无可言喻的凄婉时刻。男子给人看来好像离开了这个家，但又折了回来。躲在开着格子窗的背阴处，一动不动地伫立。他想让小姐知道他难舍难离的样子。这时，只听小姐无意中吟道："晚秋残月照人间。"小姐探在窗外的头部，灯光照不到。往下约五寸，恰好如同点燃了灯火似的月光催促下，不由得心中一惊，那男子立刻走了。这番话是那位男子对我讲过的。

（第三一六段）

雪夜逸兴

　　侍从迎着劲吹的狂风、扑面的飞雪，打着长柄高伞走来，迎接与女子一夜交谈的风流主人。主人身上还沾了洁白的雪。本图选自《扇面古写经》。

多情男子

　　一名多情男子，只身度日。他夜晚一定去到什么地方。清晨归来，一直不睡。虽已睡眼惺忪之态，但他，拉过砚池，凝神磨墨，并非漫不经心地信笔胡涂，而是认真地给女人写信。他那坦荡柔情的姿态显得非常优美。

　　他重重叠叠地穿了许多件白衣，外加棣棠色和红色衣服。他边盯着被晨露打得很湿的单衣边写信。终于写完，但并不交给身边服侍的佣人，特意站起来，将一个适于办这样事的童仆叫到身边，耳语一阵。

　　童仆走后，他也好长时间陷于沉思，把经文中该念的章节压低声音吟唱。因为里屋准备了洗手水和稀粥，劝他去用，他便走去，靠着书几，读起书来。书中几处欢快地打动心灵处，便出声地朗诵，非常有趣。

　　洗完手，穿上直衣，背诵《法华经》六卷，真的令人敬佩。他将去的一定是近处吧？刚才派去的童仆已经回来，对主人使个眼色，主人突然停止诵经，心被带回的女人的书信所吸引。那么，念佛的功效也就荡然弗存了吧！可怜。

（第三一八段）

■ 相伴的男女

　　一个多情的男子由女人相陪，坦荡柔情的姿态，显得非常优美。本图选自《扇面古写经》。

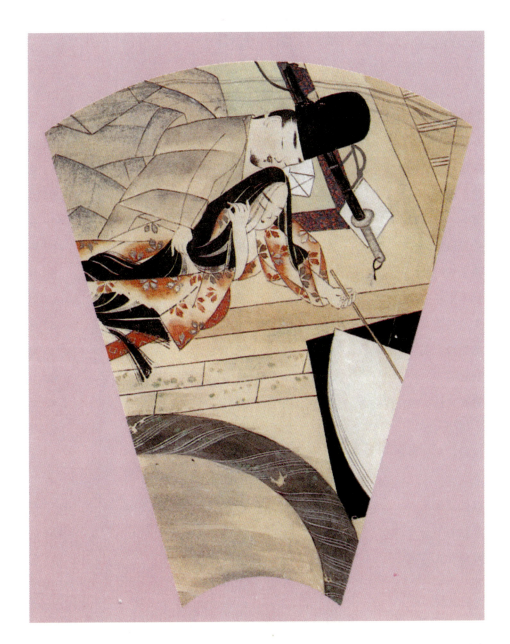

图片索引

《枕草子》（手抄本）	导读 3 页	樱花	46 页
春花	导读 5 页	鸟	49 页
像雨后彩虹的清女	导读 6—7 页	虫声	53 页
花下游乐	导读 10—11 页	初秋午睡	55 页
萤	2 页	衣衫褴褛的牛倌	59 页
正月风情	4 页	桥	61 页
孩子们游戏	7 页	焦等恋人	63 页
驾幸生昌府	10 页	乘凉的女官	66—67 页
生昌与清女	12 页	难堪的女官	69 页
清凉殿一隅	16 页	堆雪山	74—75 页
女官们	20 页	堆雪山词书	80 页
贵族女性	22 页	避邪卯槌	83 页
平庸的人	28 页	无名琵琶	89 页
拂晓归来的男子	33 页	懊悔的女官	93 页
洗头化妆	35 页	牛车	97 页
槟榔绒牛车	36—37 页	后宫生活一角	107 页
奔驰的牛车	38—39 页	逢坂关前的清女	114 页
窥视女人寝室	42 页	赛画	116—117 页
花	45 页	寺庙	121 页

祈祷安产	122 页	月	163 页
行幸八幡宫	127 页	花	164 页
帘前宣旨	129 页	中宫定子像	169 页
行幸队伍在的左右大将	130 页	下级贵族的生活	174–175 页
八幡行幸词书	131 页	风	179 页
贵人与女官	133 页	秋风后	181 页
祭奠关白	137 页	笛	185 页
于心安矣	139 页	喝茂祭队伍	188–189 页
关	142–143 页	扇绘贺茂祭队伍	191 页
作歌	146 页	神社	195 页
正月郊游	148–149 页	雪	199 页
下棋	153 页	月下故人	203 页
贵人与幼女	155 页	香炉烽雪	206 页
悲愁的中宫	156 页	春光华衣	209 页
相爱的男女	158–159 页	雪夜逸兴	211 页
雪	161 页	相伴的男女	213 页

图书在版编目（CIP）数据

枕草子图典 /（日）清少纳言著；叶渭渠主编；于
雷译 . —上海：上海文化出版社，2018.8
（日本古典名著图读书系）
ISBN 978-7-5535-1325-6

Ⅰ.①枕… Ⅱ.①清… ②叶… ③于… Ⅲ.①散文集
—日本—中世纪 Ⅳ.① I313.076

中国版本图书馆 CIP 数据核字（2018）第 158091 号

出 版 人：姜逸青
策 划 人：贺鹏飞
责任编辑：何智明
特约编辑：苑浩泰　张　莉
装帧设计：灵动视线

书　　名：枕草子图典
作　　者：（日）清少纳言
主　　编：叶渭渠
译　　者：于　雷
出　　版：上海世纪出版集团　上海文化出版社
地　　址：上海市绍兴路 7 号　200020
发　　行：上海文艺出版社发行中心
　　　　　上海福建中路 193 号　200001　www.ewen.co
印　　刷：北京京都六环印刷厂
开　　本：889×1194　1/24
印　　张：10$\frac{1}{3}$
印　　次：2018 年 10 月第一版　2018 年 10 月第一次印刷
国际书号：ISBN 978-7-5535-1325-6 / I.499
定　　价：68.00 元
告 读 者：如发现本书有质量问题请与印刷厂质量科联系　T：010-85376178